www.ingramcontent.com/pod-product-compliance
Lightning Source LLC
LaVergne TN
LVHW010617070526
838199LV00063BA/5175
9789358723595

بہادر شکاری

(بچوں کی کہانیاں)

مرتبہ:
انیس الرحمٰن

© Taemeer Publications LLC

Bahadur Shikari (Kids Stories)
by: Anees-ur-Rahman
Edition: October '2023
Publisher & Printer:
Taemeer Publications LLC (Michigan, USA / Hyderabad, India)

ISBN 978-93-5872-359-5

9 789358 723595

مصنف یا ناشر کی پیشگی اجازت کے بغیر اس کتاب کا کوئی بھی حصہ کسی بھی شکل میں بشمول ویب سائٹ پر اَپ لوڈنگ کے لیے استعمال نہ کیا جائے۔ نیز اس کتاب پر کسی بھی قسم کے تنازع کو نمٹانے کا اختیار صرف حیدرآباد (تلنگانہ) کی عدلیہ کو ہوگا۔

© تعمیر پبلی کیشنز

کتاب	:	**بہادر شکاری** (بچوں کی کہانیاں)
مرتبہ	:	**انیس الرحمٰن**
پروف ریڈنگ / تدوین	:	اعجاز عبید
صنف	:	ادب اطفال
ناشر	:	تعمیر پبلی کیشنز (حیدرآباد، انڈیا)
سالِ اشاعت	:	۲۰۲۳ء
صفحات	:	۶۰
سرورق ڈیزائن	:	تعمیر ویب ڈیزائن

فہرست

(۱)	ہیرے والا شتر مرغ	رؤف پاریکھ	7
(۲)	قازوں کا سردار	جونکو واسا سے	15
(۳)	ملکہ اولگا کا انتقام	مولانا عبد الحلیم	23
(۴)	بہادر شکاری	نجم الثاقب	30
(۵)	سچ جھوٹ	زبیدہ عنبرین	35
(۶)	پیشین گوئی	ابرار محسن	38
(۷)	غریب ہی اچھا	مسعود احمد برکاتی	41
(۸)	اپریل کا مسافر	خلیل جبار	43
(۹)	ادھوری بات	حمیرہ خاتون	48
(۱۰)	بچپن کی تصویر	اشتیاق احمد	55

تعارف

بچے کی پہلی کتاب ہرچند کہ اس کی درسی کتاب ہوتی ہے لیکن بچہ درسی کتاب میں کم دلچسپی لیتا ہے کیونکہ درسی کتب ترتیب دیتے وقت بچوں کی زبان، ان کی عمروں اور دلچسپیوں کا لحاظ نہیں رکھا جاتا۔ یہی سبب ہے کہ بچوں کے ادب میں رسائل اہم مقام رکھتے ہیں۔ ادب اطفال کا تین چوتھائی ذخیرہ ان رسائل میں محفوظ ہے۔ ایک رسالے میں بچوں کو بہت سی کہانیاں، نظمیں، معلوماتی مضامین، چٹکلے اور پہیلیاں وغیرہ سب ہی کچھ یکجا طور پر کم قیمت میں مل جاتے ہیں۔

عصر حاضر میں ادب اطفال کے فروغ کی خاطر ایک طریقہ یہ بھی اپنایا جاسکتا ہے کہ بچوں کے قدیم و جدید رسائل سے ماخوذ ادب اطفال کا انفرادی انتخاب و قتاً فوقتاً مختصر کتابوں کی شکل میں شائع کیا جائے۔

یہ کتاب بھی اسی سلسلے کی ایک کڑی ہے۔

(۱) ہیرے والا شتر مرغ

رؤف پاریکھ

"اگر تم پرندوں کی قیمت کی بات کرتے ہو تو میں تمہیں بتاؤں کہ میں نے ایک ایسا شتر مرغ بھی دیکھا ہے جس کی قیمت تین ہزار پاؤنڈ لگائی گئی تھی۔ تین ہزار پاؤنڈ! سمجھے؟" اس نے مجھے چشمے کے اوپر سے گھورتے ہوئے کہا۔

اس کا کام پرندوں کی کھال میں بھُس بھر کر اسے بیچنا تھا، اسی لیے وہ پرندوں اور ان کی قیمتوں کے قصّے سنایا کرتا تھا۔

"تین ہزار پاؤنڈ؟" میں نے حیرت ظاہر کی۔ "کیا وہ شتر مرغ کسی نایاب نسل کا تھا؟"

"نہیں ایسی کوئی بات نہیں تھی۔ وہ اور باقی چار شتر مرغ جن کا قصّہ سنانے والا ہوں پانچوں عام سے شتر مرغ تھے، بلکہ ایک کی کھال کا رنگ بھی مناسب دانا پانی نہ ملنے کی وجہ سے اڑ گیا تھا، لیکن ان میں سے ایک شتر مرغ نے ایک نہایت قیمتی ہیرا نگل لیا تھا۔"

"شتر مرغ نے ہیرا نگل لیا تھا؟"

"ہاں۔"

اس نے ہماری دلچسپی کو دیکھ کر پورا قصّہ سنانا شروع کیا جو یوں تھا:

وہ ہیرا ایک ہندو بیوپاری کا تھا۔ اس کا نام موہن تھا۔ موہن ایک موٹا سا آدمی تھا۔ اس کی پگڑی میں وہ ہیرا لگا ہوا تھا۔ شتر مرغ نے اس کی پگڑی پر چونچ ماری اور ہیرا نگل

لیا۔ جب موہن کو پتا چلا کہ کیا ہو گیا ہے تو اس نے ایک ہنگامہ کھڑا کر دیا۔ یہ سب کچھ ذرا سی دیر میں ہو گیا۔ میں ان لوگوں میں شامل تھا جو سب سے پہلے وہاں پہنچے۔ دراصل ہم لوگ لندن جانے کے لیے ایک بحری جہاز میں سوار ہو رہے تھے۔ جب میں وہاں پہنچا تو موہن، دو ملاحوں اور شتر مرغ کے رکھوالے کے درمیان اچھی خاصی گرما گرمی ہو رہی تھی، بلکہ شتر مرغ کا رکھوالا تو ہنستے ہنستے دوہرا ہوا جا رہا تھا۔ یہ پانچوں شتر مرغ لندن جانے کے لیے بحری جہاز پر پہنچائے جا رہے تھے کہ ان میں سے ایک نے پاس کھڑے ہوئے ایک ہندو بیوپاری موہن کی پگڑی میں لگا ہوا ہیرا نگل لیا۔ اس وقت شتر مرغوں کا رکھوالا وہاں موجود نہیں تھا۔ وہ تھوڑی دیر بعد پہنچا۔ اس لیے اسے بھی پتا نہ تھا کہ کون سے شتر مرغ نے ہیرا نگلا ہے۔ بہر حال ہم سب بحری جہاز پر سوار ہو گئے اور جہاز لندن کے لیے روانہ ہو گیا۔ شتر مرغ بھی جہاز پر سوار تھے۔

بحری جہاز پر اس قسم کی خبریں بہت تیزی سے پھیلتی ہیں۔ چنانچہ تھوڑی ہی دیر بعد تمام مسافروں کو اس بات کا پتا لگ گیا کہ جہاز پر سوار شتر مرغوں میں سے ایک کے پیٹ میں ایک ہیرا موجود ہے جو اس نے ایک مسافر کی پگڑی سے اچک لیا تھا۔

ہر شخص اسی کے بارے میں بات کر رہا تھا۔ موہن اپنے جذبات چھپانے کے لیے اپنے کیبن میں چلا گیا، لیکن رات کے کھانے پر جب سب مسافر جہاز کے کھانے کے کمرے میں جمع ہوئے تو موہن ایک میز پر جہاز کے کپتان کے ساتھ بیٹھا ہوا تھا۔

موہن نے کپتان پر زور دیا کہ وہ کسی نہ کسی طرح اس کا ہیرا واپس دلوائے۔ اس کا کہنا تھا میں وہ شتر مرغ نہیں خریدوں گا بلکہ مجھے میرا قیمتی ہیرا دلوانا کپتان کا فرض ہے۔ اس نے یہ بھی کہا کہ اگر مجھے میرا ہیرا واپس نہ ملا تو میں لندن پہنچ کر پولیس میں شکایت درج کروں گا۔ لہذا بہتر ہے کہ شتر مرغوں کو کوئی دوا کھلا کر ہیرا حاصل کیا جائے۔

اُدھر شتر مرغوں کا رکھوالا بھی ایک ضدی آدمی نکلا۔ اس نے کہا کہ میں شتر مرغوں کو دوا دے کر ہیرا حاصل کرنے کی اجازت نہیں دے سکتا۔ اس کا کہنا تھا کہ میں شتر مرغوں کا مالک نہیں ہوں بلکہ صرف رکھوالا ہوں اور مجھے سختی سے ہدایت کی گئی ہے کہ شتر مرغوں کو صرف فلاں فلاں چیز کھلائی جائے اور انھیں فلاں فلاں طریقے سے رکھا جائے۔ جب کہ موہن کا کہنا تھا کہ چوں کہ شتر مرغوں میں سے ایک نے اس کا ہیرا نگل لیا ہے، اس لیے اب وہ جس طرح چاہے ہیرا نکال سکتا ہے، چاہے ان کا پیٹ کاٹ کر ہی کیوں نہیں نکالا جائے۔ اس طرح یہ مسئلہ ایک قانونی شکل اختیار کر گیا تھا، لیکن جہاز پر کوئی وکیل موجود نہ تھا، اس لیے ہر مسافر اپنی اپنی رائے دے رہا تھا۔ مسافر میں سے اکثر کا کہنا یہ تھا کہ موہن کو شتر مرغ خرید لینے چاہئیں، پھر اس کا جو جی چاہے ان کے ساتھ کرے۔

جہاز عدن کی بندرگاہ پر رکا اور جب وہاں سے چلا تو رات کے کھانے پر موہن نے مسافروں کی بات مان لی اور پانچ کے پانچ شتر مرغ خریدنے کے لیے تیار ہو گیا، لیکن اگلی صبح ناشتے پر صورتحال پھر بدل گئی، کیوں کہ شتر مرغوں کے رکھوالے نے اعلان کیا کہ وہ شتر مرغوں کا مالک نہیں ہے اس لیے وہ انہیں کیسے بیچ سکتا ہے؟ اور دنیا کی کوئی طاقت اسے مالک سے پوچھے بغیر شتر مرغ بیچنے پر مجبور نہیں کر سکتی۔

اس پر ایک مسافر کھڑا ہو گیا۔ اس کا نام پوٹر تھا۔ اس نے اعلان کیا کہ شتر مرغوں کے رکھوالے کو میں نے بھی اچھی خاصی رقم کی پیشکش کی تھی، لیکن وہ شتر مرغ بیچنے پر تیار نہیں تھا، اس لیے جب جہاز عدن پر ٹھہرا تھا تو میں نے وہاں سے شتر مرغ کے مالک کو لندن میں تار دے کر تمام شتر مرغ خریدنے کی پیشکش کی تھی۔ اس کا جوابی تار مجھے جہاز کی اگلی منزل یعنی سویز پر مل جائے گا۔ یہ سن کر موہن نے پوٹر کو سب کے سامنے برا بھلا

کہا۔ اس کی صورت دیکھنے والی تھی، لیکن باقی سب مسافر پوٹر کو ایک ہوشیار آدمی مان گئے۔

جب جہاز سویز پہنچا تو پوٹر کے تار کا جواب لندن سے آچکا تھا۔ شتر مرغ کے مالک نے انہیں پوٹر کے ہاتھ فروخت کرنے کی ہامی بھر لی تھی۔ اب پوٹر شتر مرغوں کا مالک بن چکا تھا۔ یہ خبر سن کر موہن کی آنکھوں میں آنسو آگئے۔ آخر اس نے پوٹر سے کہا میں شتر مرغ تم سے خریدنے کے لیے تیار ہوں۔ تم فی شتر مرغ پانچ سو پاؤنڈ کے حساب سے پانچ شتر مرغوں کے ڈھائی ہزار پاؤنڈ لے لو۔ اس پر پوٹر نے کہا کہ میں نے یہ شتر مرغ بیچنے کے لیے نہیں خریدے۔ میرا ارادہ ان کے پیٹ چاک کر کے ہیرا تلاش کرنے کا ہے۔

لیکن بعد میں پوٹر کا ارادہ بدل گیا اور اس نے شتر مرغ نیلام کرنے کا اعلان کیا، لیکن اس نے ایک شرط بھی رکھی۔ وہ یہ کہ کسی شخص کے ہاتھ ایک سے زیادہ شتر مرغ فروخت نہیں کیے جائیں گے اور ایک شتر مرغ وہ اپنے لیے رکھے گا تا کہ قسمت آزما سکے۔ کیا پتا ہیرا اسی میں سے نکلے۔

وہ ہیرا بہت قیمتی تھا۔ ہمارے ساتھ بحری جہاز پر ہیروں کا ایک یہودی تاجر بھی سفر کر رہا تھا۔ جب موہن نے اسے اس ہیرے کے بارے میں بتایا کہ کیسا تھا اور کتنا بڑا تھا تو اس نے اس کی قیمت اندازاً چار سے پانچ ہزار پاؤنڈ بتائی۔ جب جہاز کے مسافروں کو ہیرے کی قیمت کا پتا چلا تو وہ بے چینی سے نیلامی کا انتظار کرنے لگے جو اگلے دن ہونے والی تھی۔

اب اتفاق کی بات کہ شتر مرغ کے رکھوالے سے مجھے باتوں باتوں میں پتا چلا کہ ایک شتر مرغ بیمار ہے اور اس کے پیٹ میں گڑبڑ ہے۔ اس شتر مرغ کی دم کے پروں میں

سے ایک پر بالکل سفید تھا جو شاید بیماری کی وجہ سے ہو گیا تھا۔ میں نے سوچا کہ ہو نہ ہو یہ وہی شتر مرغ ہے جس کے پیٹ میں ہیرا ہے اور اسی لیے اس کے پیٹ میں گڑبڑ ہے۔ اگلے روز جب نیلامی شروع ہوئی تو سب سے پہلے یہی شتر مرغ لایا گیا۔ بولی آٹھ سو پاؤنڈ سے شروع ہوئی۔ موہن نے فوراً ساڑھے آٹھ سو کی بولی دی جس کے جواب میں میں نے نو سو پاؤنڈ کی آواز لگائی۔ مجھے یقین تھا کہ ہیرا اسی شتر مرغ کے پیٹ میں ہے اور اتنے زیادہ بھاؤ یعنی نو سو پاؤنڈ سے کوئی آگے نہیں بڑھے گا، لیکن موہن بالکل باؤلا ہو گیا تھا۔ اس نے اندھا دھند بولی بڑھانی شروع کی۔ ہیروں کا یہودی تاجر بھی بڑھ چڑھ کر بولی لگا رہا تھا۔ اس نے بولی ایک ہزار سات سو پاؤنڈ تک پہنچا دی۔ اس موقعے پر پوٹر نے اس کے حق میں بولی ایک دو تین کہہ کر ختم کر دی۔ موہن نے ایک ہزار آٹھ سو کی آواز لگائی، لیکن تب تک پوٹر تین کہہ چکا تھا۔ موہن ہاتھ ملتا رہ گیا۔

یہودی تاجر نے پوٹر کو شتر مرغ کی قیمت ادا کی اور اسی وقت پستول نکال کر شتر مرغ کو گولی مار دی۔ اس پر پوٹر نے خوب شور مچایا اور کہا کہ اگر شتر مرغ کو اسی وقت کاٹا گیا تو اس سے نیلامی پر برا اثر پڑے گا، کیوں کہ اگر اس میں سے ہیرا نکل آیا تو میرے باقی شتر مرغ کوئی نہیں خریدے گا، لیکن ہم سب ہیرا دیکھنے کے لیے اس قدر بے چین تھے کہ سب نے سنی ان سنی کر دی۔ شتر مرغ کو چیرا پھاڑا گیا، لیکن اس میں سے کچھ نہ نکلا۔ مجھے یہ سوچ کر خوشی ہوئی کہ میرا نقصان ہوتے ہوتے رہ گیا، کیوں کہ میں خود اس شتر مرغ کی ایک ہزار چار سو پاؤنڈ قیمت لگا چکا تھا۔

یہودی تاجر نے کسی خاص افسوس کا اظہار نہیں کیا۔ البتہ پوٹر نے یہ کہہ کر نیلامی بند کر دی کہ جب تک سارے شتر مرغ نہیں بک جاتے وہ کسی کو شتر مرغوں کی چیر پھاڑ نہیں کرنے دے گا، لیکن یہودی تاجر کا کہنا تھا کہ جب کوئی شخص ایک چیز خرید تا ہے تو اس کی

مرضی ہوتی ہے کہ وہ اس کے ساتھ جب اور جیسا چاہے سلوک کرے۔ بات بڑھ گئی اور گرما گرمی ہونے لگی تو نیلامی اگلی صبح تک روک دی گئی۔ رات کو کھانے کی میز پر شتر مرغوں کی نیلامی کے بارے میں ہی باتیں ہوتی رہیں۔ جتنے منہ اتنی باتیں۔ کچھ نے تو جہاز کے کپتان سے یہ بھی کہا کہ اس نیلامی کو روک دیا جائے، کیوں کہ اس طرح سے ہیرا بیچنا ایک طرح کا جوا ہے، لیکن پوٹر کا کہنا تھا کہ ہیرا نہیں بیچ رہا۔ میں تو صرف شتر مرغ بیچ رہا ہوں۔ آخر کپتان نے اعلان کیا کہ جہاز پر شتر مرغ کی خرید و فروخت کی اجازت ہے، لیکن شتر مرغوں کے قتل کی اجازت نہیں دی جاسکتی۔ اب کوئی شخص شتر مرغوں کو نہ تو جہاز پر ہلاک کرے گا اور نہ ان کی چیر پھاڑ کرے گا۔ لندن پہنچنے کے بعد جہاز سے اتر کر مسافروں کا جو جی چاہے شتر مرغوں کے ساتھ کریں۔

اگلی صبح جب نیلامی شروع ہوئی تو ہر شخص کے ذہن میں یہ بات تھی شتر مرغ پانچ کے بجائے اب چار رہ گئے ہیں، اس لیے کسی ایک شتر مرغ سے ہیرا نکلنے کا امکان اب پہلے سے زیادہ ہے۔ یہی وجہ ہے کہ بولی کل سے بھی زیادہ پر شروع ہوئی۔ میرے پاس پیسے کم تھے اس لیے میں تو پیچھے ہٹ گیا۔ ایک شتر مرغ دو ہزار پاؤنڈ کا بکا۔ ایک کی قیمت دو ہزار تین سو پاؤنڈ لگائی گئی۔ جب کہ تیسرا ڈھائی ہزار پاؤنڈ میں فروخت ہوا، لیکن عجیب بات تھی کہ موہن نے ان میں سے ایک بھی نہیں خریدا، بلکہ جب بولی لگائی جارہی تھی تو وہ ایک کونے میں بیٹھا لندن پہنچ کر پولیس میں رپورٹ درج کرانے کی باتیں کر رہا تھا اور قانونی نقطے اٹھا رہا تھا۔ اس کا کہنا تھا کہ یہ ساری نیلامی غیر قانونی ہے۔ فروخت ہونے والے تین شتر مرغوں میں سے ایک اُسی یہودی تاجر نے خریدا۔ ایک شتر مرغ ایک افسر نے خریدا جو جہاز پر سفر کر رہا تھا۔ تیسرا اس جہاز کے انجینئروں نے آپس میں پیسے جمع کر کے خرید لیا۔

جب نیلامی ختم ہوئی تو پوٹر اُداس ہو گیا۔ اس کا کہنا تھا کہ اس نے شتر مرغ بیچ کر بے وقوفی کی ہے۔ اس نے یہ بھی بتایا کہ اس نے اپنے لیے جو شتر مرغ رکھا تھا وہ بھی اس نے ایک مسافر کو تین ہزار پاؤنڈ میں رات ہی بیچ دیا تھا، لیکن میری سمجھ میں نہیں آ رہا تھا کہ اس میں بے وقوفی کی کیا بات ہے۔ جو شتر مرغ اس نے زیادہ سے زیادہ آٹھ سو پاؤنڈ میں خریدے ہوں گے وہ اس نے ایک ایک کر کے ساڑھے گیارہ ہزار پاؤنڈ میں بیچ دیے۔

آخر جہاز لندن کی بندر گاہ پر لنگر انداز ہوا۔ سارے مسافر اترنے شروع ہوئے۔ شتر مرغ بھی اتارے گئے۔ شتر مرغ خریدنے والوں نے انہیں وہیں چیرنے پھاڑنے کا ارادہ کیا لیکن بندر گاہ کے افسروں نے اس کی اجازت نہیں دی۔ موہن پاگلوں کی طرح اِدھر اُدھر دوڑتا پھر رہا تھا۔ جن لوگوں نے شتر مرغ خریدے تھے وہ ان سے ان کے نام اور پتے پوچھ رہا تھا اور کہہ رہا تھا کہ ان کے خریدے ہوئے شتر مرغ سے ہیرا نکل آئے تو مجھے خط لکھ کر بتائیں، لیکن کسی نے بھی اسے اپنا نام پتا نہیں دیا۔ موہن نے پوٹر کو بھی برا بھلا کہا لیکن پوٹر نے اپنا سامان اٹھایا اور چل پڑا۔ باقی مسافر بھی اپنے گھروں کو روانہ ہو گئے۔ شتر مرغ خریدنے والوں نے انہیں لدوایا اور وہ بھی چل پڑے۔

یہ کہہ کر وہ چپ ہو گیا اور ایک پرندے کی کھال میں بُھس بھرنے لگا۔ میں نے بے صبری سے کہا، "پھر کیا ہوا؟ ہیرا کون سے شتر مرغ میں تھا؟"

وہ مسکرایا اور بولا، "میرے خیال سے کسی میں بھی نہیں۔"

"وہ کیوں؟" میں نے حیرت سے پوچھا۔

اس نے بتانا شروع کیا، "یہ بات مجھے کبھی معلوم نہ ہوتی اور میں یہی سمجھتا رہتا کہ موہن کا ہیرا کسی شتر مرغ نے نگل لیا تھا، لیکن اتفاق کی بات ہے کہ لندن پہنچنے کے ایک ہفتے بعد میں لندن کی ریجنٹ اسٹریٹ میں خریداری کر رہا تھا کہ مجھے موہن اور پوٹر نظر

آئے۔ دونوں ہاتھوں میں ہاتھ ڈالے، بہت خوش خوش، مسکراتے ہوئے جا رہے تھے۔ دونوں نے بہت عمدہ اور مہنگے کپڑے پہنے ہوئے تھے۔ میں چُپ چاپ انہیں دیکھنے لگا۔ انہوں نے کوئی چیز خریدی۔ موہن نے پیسے دینے کے لیے بٹوا نکالا تو وہ نوٹوں سے ٹھنسا ٹھس بھرا ہوا تھا۔ لگ رہا تھا کہ دونوں کو کہیں سے بہت سارُوپیہ ہاتھ لگا ہے۔"

میں نے ایک لمبی سانس لے کر کہا، "بہت خوب! تو اس کا مطلب یہ ہوا کہ کسی شتر مرغ نے کوئی ہیرا نہیں نگلا تھا۔ موہن اور پوٹر دونوں ساتھی تھے اور انہوں نے اس طرح نیلامی کے ذریعے سے ہزاروں پاؤنڈ بٹور لیے۔"

اس نے مسکرا کر "ہاں" کہا اور سر جھکا کر پرندوں کی کھال میں بُھس بھرنے لگا۔

(۲) قازوں کا سردار

جونکو واسا سے

اس سال بھی قازوں کا سردار ژان سے تسو قازوں کا ایک جھنڈ لے کر اس دلدلی جگہ پر آیا۔ ژان سے تسو تو ایک قاز کا نام ہے، کیوں کہ اس کے دونوں سرمئی پروں پر ایک ایک سفید نشان ہوتا ہے، اس لیے شکاری اسے ژان سے تسو کہتے ہیں۔

ژان سے تسو کے معنی موسم بہار تک پہاڑ پر باقی رہ جانے والی برف ہے۔ ژان سے تسو وہاں پر جمع ہونے والی قازوں کا سردار ہے۔ وہ بہت چالاک ہوتا ہے۔ جب دوسری قازیں غذا کی تلاش میں مصروف ہوں تو وہ احتیاط سے پہرا دیتا ہے اور شکاریوں کو قازوں سے اتنی دور رکھتا کہ ان کی بندوق کی گولی قازوں تک نہ پہنچ سکے۔ بوڑھا دائزو ان دلدلی مقامات پر شکار کیا کرتا تھا، مگر جب سے ژان سے تسو نے یہاں آنا شروع کیا بوڑھا دائزو ایک بھی قاز نہ مار سکا، اس لیے وہ ژان سے تسو کو ناپسند کرتا تھا۔ جیسے ہی اس سال بوڑھے دائزو کو یہ معلوم ہوا کہ ژان سے تسو آ گیا ہے۔ اس نے قازیں پکڑنے کے لیے پہلے سے ایک خاص منصوبے پر عمل شروع کر دیا۔ وہ منصوبہ یہ تھا کہ جہاں قازیں کھانے کے لیے اترتی ہیں وہاں کھونٹے لگا کر ان سے کانٹے بندھی ہوئی ڈوریں باندھ دیں۔ پھر کانٹے میں گھونگے پھنسا دیے۔ بوڑھے دائزو نے رات بھر بہت سے کانٹے کھونٹے کی ڈوری کے ساتھ باندھے۔ اس نے محسوس کیا کہ اس بار میں کامیاب ہو جاؤں گا۔

اگلے دن دوپہر کے قریب بوڑھا دائزو خوش خوش دھڑکتے ہوئے دل کے ساتھ وہاں پہنچا، جہاں پچھلی رات اس نے کانٹے باندھے تھے۔ اس نے ایک پھڑ پھڑاتی ہوئی چیز

دیکھی۔ بوڑھا دائزو "واہ وا" کہتے ہوئے جھپٹ کر پہنچا۔

"بہت خوب! شاندار!"

بوڑھا دائزو بے اختیار بچے کی طرح چلّا اٹھا۔ وہ بہت خوش تھا۔ صرف ایک قاز ملی تھی، مگر قاز کو پا کر وہ بہت خوش ہوا۔

اس نے سوچا کہ قاز بہت زور سے پھڑپھڑائی ہوگی، کیوں کہ ارد گرد زیادہ پر بکھرے ہوئے تھے۔ قازوں کے جھنڈ نے اس جگہ کو خطرناک محسوس کیا اور اپنے دانہ کھانے کی جگہ بدل دی۔ اس لیے وہاں اطراف میں ایک بھی قاز نظر نہ آئی۔ مگر بوڑھے دائزو نے سوچا، "وہ آخر پرندے ہیں۔ ایک رات میں یہ بات بھول کر اگلی صبح پھر آ جائیں گے۔"

اس نے اگلے دن کے لیے اور زیادہ کانٹے باندھے۔

اگلے دن بوڑھا دائزو پھر اسی وقت پر گھر سے نکلا۔ خزاں کا خوبصورت دن تھا۔ جب وہ اس جگہ پر پہنچا تو پھڑپھڑاہٹ کی ایک زوردار آواز کے ساتھ قازوں کا جھنڈ اڑ گیا۔

"ارے! یہ کیا ہو گیا؟" بوڑھے دائزو نے یہ سوچتے ہوئے اپنی گردن جھکالی۔

کھونٹے، ڈوری اور کانٹے والی جگہ پر قازوں کے پنجوں کے نشان یہ بتا رہے تھے کہ قازوں نے یہاں دانہ کھایا ہے۔ اس کے باوجود آج ایک بھی قاز کانٹے میں نہ پھنسی۔

"یہ کیسے ہوا؟"

غور سے دیکھا تو سارے کانٹوں کی ڈوریاں تنی ہوئی تھیں۔ قازوں نے پچھلے دن کی ناکامی سے سیکھا ہو گا اور گھونگے کو جھٹ سے نہیں نگلا ہو گا۔ پہلے چونچ کی نوک سے گھونگے کو کانٹے سے نکالا ہو گا اور جب یقین ہو گیا ہو گا کہ کوئی خطرہ نہیں تو پھر کھایا ہو گا۔ یہ بات یقینی تھی کہ یہ ترکیب بھی ژان سے تسو نے سکھائی ہوگی۔ بوڑھے دائزو کے منہ

سے بے اختیار حیرت کے ساتھ "اف" کی آواز نکلی۔

عام طور پر لوگ سمجھتے ہیں کہ قازیں یا بطخیں دیگر پرندوں کی نسبت کم چالاک ہوتی ہیں، مگر ایسی بات نہیں ہے۔ بوڑھے دائزو نے محسوس کیا کہ ان کے چھوٹے سے سر میں بڑا ذہن ہوتا ہے۔

اس کے اگلے سال بھی ژان سے تسو بڑے جھنڈ لے کر آیا۔ ہمیشہ کی طرح دلدلی زمینوں پر سب سے کھلی ہوئی جگہ کو دانہ کھانے کے لیے منتخب کیا۔ بوڑھا دائزو بڑی فکر مندی کے ساتھ گرمیوں کے موسم سے ہر روز تھوڑے تھوڑے گھونگے چنتا رہا تھا۔ اس کے پاس گھونگوں کی پانچ بوریاں ہو گئیں۔ پھر اس نے قازوں کی پسندیدہ جگہ پر ان کو بکھیر دیا۔

"اب دیکھیں کیا ہوتا ہے؟" یہ سوچتے ہوئے وہ رات کے وقت وہاں گیا تو اس کے خیال کے مطابق قازوں نے وہاں جمع ہو کر خوب دانہ کھایا تھا۔ دوسرے دن بھی اسی جگہ پر بہت سے گھونگوں کو بکھیر دیا۔ اگلے دن اور اس کے اگلے دن بھی یہی عمل دہرایا۔ قازوں کو دلدلی زمینوں میں یہ جگہ سب سے زیادہ پسند آئی، کیوں کہ چار پانچ دن انہوں نے وہاں خوب دانہ کھایا تھا۔ بوڑھا دائزو خوشی سے مسکرا دیا۔

اب اس نے رات کو اس جگہ کے نزدیک چھوٹی سی جھونپڑی بنائی اور اس میں چھپ گیا اور جھاڑیوں سے نکل کر اس جگہ آنے والی قازوں کا انتظار کرنے لگا۔

سورج تھوڑا سا ابھرا۔ جھونپڑی کے اندر ایک خوشگوار احساس کے ساتھ ہلکی ہلکی روشنی چھنتی ہوئی آئی۔ دلدلی زمینوں کی طرف آنے والی قازوں کا جھنڈ دور آسمان پر ایک سیاہ نقطے کی طرح نظر آرہا تھا۔ سب سے پہلے آنے والا یقیناً ژان سے تسو ہو گا۔ جھنڈ اور

نزدیک آ گیا۔

"اچھا! اچھا! مگر تھوڑا انتظار کرنا ہو گا۔ اس جھنڈ پر بندوق چلا کر اب میں انہیں سبق سکھاؤں گا۔" بندوق کو مضبوطی سے پکڑے ہوئے بوڑھے دائزو کے جبڑے اکڑ گئے تھے، لیکن ژان سے تسو احتیاط سے زمین کو دیکھتے ہوئے جھنڈ لے کے پہنچا۔ اس نے دانہ کھانے کے لیے اپنے پرانے اڈّے پر اچانک ایک جھونپڑی بنی ہوئی دیکھی جو کل تک نہیں تھی۔ شاید ژان سے تسو نے یہ سوچا ہو گا کہ راتوں رات بدلی ہوئی اس جگہ کے قریب نہ جائے۔ جھنڈ نے یکایک اپنا رخ بدلہ اور اس کشادہ دلدلی جگہ کے مغربی سرے پر اتر گیا۔ وہ کچھ اور نزدیک آتے تو گولی ان تک پہنچ جاتی، مگر ایک بار پھر ژان سے تسو کی وجہ سے ایک بھی قاز نہیں مل سکی۔ بوڑھا دائزو کشادہ دلدلی زمین کی دوسری طرف گھورتے ہوئے منہ ہی منہ میں کچھ بڑبڑایا۔

پھر اس دلدلی جگہ پر قازوں کی آنے کا موسم آ رہا تھا۔ بوڑھا دائزو ایک بڑے پیالے میں چھوٹی چھوٹی زندہ بام مچھلیاں بھر کر مرغی کے ڈربے کی طرف گیا۔ بوڑھے دائزو نے جیسے ہی ڈربے کا دروازہ کھولا ایک قاز پھڑ پھڑاتی ہوئی اس کی طرف لپکتی ہوئی آئی۔

یہ قاز وہی تھی جسے دو سال پہلے بوڑھے دائزو نے کانٹے سے پکڑا تھا۔ اب وہ بوڑھے دائزو سے ہل گئی تھی۔ کبھی کبھی بوڑھا دائزو اسے گھمانے پھرانے کے لیے مرغی کے ڈربے سے باہر نکالتا تھا، مگر جب بوڑھا دائزو منہ سے سیٹی بجا کر اسے بلاتا تو وہ کہیں بھی ہوتی فوراً اس کے آس پاس آ جاتی اور اڑ کر اس کے کندھے پر بیٹھ جاتی۔

پیالے سے بام مچھلیاں کھاتی ہوئی قاز کو گھورتے ہوئے بوڑھے دائزو نے خود سے

کہا، "اس سال اسے استعمال کروں گا۔"

بوڑھے دائزو کو برسوں کے تجربے سے یہ پتا چل گیا تھا کہ قازیں پہلے اڑنے والی قاز کے پیچھے اڑتی ہیں، اس لیے بوڑھا دائزو اس قاز کے ملنے کے بعد سے یہ سوچتا رہا تھا کہ میں ژان سے تسو کے ساتھ آنے والی قازوں کو پکڑنے کے لیے اسے دھوکے کی چڑیا کے طور پر استعمال کروں گا۔

پھر ایک دن بوڑھے دائزو نے سنا کہ ژان سے تسو کا جھنڈ آ گیا ہے تو وہ دلدلی زمینوں کی طرف گیا ہے۔

پچھلے سال جہاں بوڑھے دائزو نے جھونپڑی بنائی تھی وہاں سے بندوق کی مار سے تقریباً کافی فاصلے پر قازوں نے دانہ کھانے کا فیصلہ کیا۔ وہاں گرمیوں کے موسم کے سیلاب کی وجہ سے ایک بڑا تالاب بن گیا تھا اور قازوں کے لیے غذا کی بہت افراط تھی۔

بوڑھے دائزو نے سوچا، "اس بار مجھے کامیابی حاصل ہو گی۔" وہ صاف نیلے آسمان کو دیکھ کر مسکرا دیا۔

اس رات اپنی پالتو قاز کو اس جگہ پر چھوڑ کر وہ پچھلے سال بنائی ہوئی جھونپڑی میں چھپ گیا اور قازوں کا انتظار کرنے لگا۔

مشرقی افق پر سرخی پھیلی اور صبح نمودار ہوئی۔

ژان سے تسو ہمیشہ کی طرح جھنڈ کے سب سے آگے آگے خوبصورت صبح کے آسمان کی وسعتوں کو چیرتا ہوا پہنچا۔ ذرا سی دیر میں قازوں کا قافلہ زمین پر اترتا ہوا نظر آیا۔ قیں قیں کی پر شور آوازیں میدان میں پھیل گئیں۔ بوڑھے دائزو کا دل تیزی سے دھڑکنے لگا۔ تھوڑی دیر کے لیے اس نے اپنی آنکھیں بند کر کے دل کے پر سکون ہونے کا انتظار کیا اور ٹھنڈی ٹھنڈی بندوق کو مضبوطی سے پکڑ لیا۔ بوڑھے دائزو نے اپنی آنکھیں

کھول لیں۔

"اب آج ہی میں ژان سے تسو کو حیرت اور گھبراہٹ کا شکار کروں گا۔"

بوڑھے دائزو نے آہستہ سے اپنے ہونٹوں پر دو تین بار زبان پھیری اور اپنی قاز کو بلانے کا انداز میں سیٹی بجانے کے لیے اپنے ہونٹ سکیڑے۔ اسی وقت ایک زوردار پھڑ پھڑاہٹ کی آواز کے ساتھ قازوں کا پورا جھنڈ ایک ساتھ اڑ گیا۔

"ارے! کیا ہوا؟"

بوڑھا دائزو جھونپڑی سے باہر نکل آیا۔ قازوں کے جھنڈ کی طرف سفید بادل کے ٹکڑے جیسی کوئی چیز نیچے آتی ہوئی دکھائی دی۔ یہ ایک باز تھا۔ ژان سے تسو کے پیچھے قازوں کا جھنڈ پلک جھپکتے باز کی نظروں سے اوجھل ہو گیا۔

"اف! ایک قاز پیچھے رہ گئی۔" وہ بوڑھے دائزو کی قاز تھی۔

بہت دنوں تک آدمی کے پاس رہنے کی وجہ سے اس کے جنگلی اطوار بدل گئے تھے۔ وہ قاز باز کی نظروں سے نہ بچ سکی۔ بوڑھے دائزو نے منہ سے سیٹی بجائی۔ ایسی خطرناک حالت میں بھی قاز نے اپنے پالنے والے کی سیٹی کی آواز پہچان لی اور وہ اس کی طرف مڑی۔ باز نے اس کا راستہ روک لیا اور ایک پنجہ مارا۔ سفید پر سرخ شفق میں چمک کر بکھر گئے۔ قاز کا بدن ایک طرف جھک گیا۔ جیسے ہی باز نے دوسری بار جھپٹنے کی تیاری کی فوراً ہی ایک بڑا سا سایہ آسمان پر نمودار ہوا۔ یہ ژان سے تسو تھا۔

بوڑھے دائزو نے بندوق کو اپنے کندھے سے لگاتے ہوئے ژان سے تسو کا نشانہ لیا۔ پھر نہ جانے کیا سوچ کر بندوق نیچے کر لی۔

ژان سے تسو کے سامنے اب نہ تو آدمی تھا اور نہ باز۔ اس کے سامنے صرف ایک ساتھی تھا۔ جسے اس نے بچانا تھا۔ یکایک وہ دشمن کی طرف بڑھا اور اپنے بڑے بڑے

پروں سے دشمن پر ضرب لگائی۔

اچانک حملے کی وجہ سے باز فضا میں گھبرا گیا، مگر وہ طاقتور تھا۔ فوراً بدن کو سنبھالتے ہوئے ژان سے تسو کے سینے پہ حملہ آور ہوا۔

پھڑ پھڑ!

بہت سے پر سفید پنکھڑیوں کی طرح شفاف آسمان پر بکھر گئے۔

ژان سے تسو اور باز دونوں ایک دوسرے سے بھڑے ہوئے دلدلی زمین پر آ گرے۔ بوڑھا دائزو ان کی طرف دوڑا۔

دونوں پرندے ابھی تک زمین پر زندگی اور موت کی جنگ لڑ رہے تھے، مگر باز نے جیسے ہی انسانی صورت دیکھی تو فوراً لڑائی چھوڑ کر ڈگمگاتا ہوا اڑ گیا۔

ژان سے تسو کا سینہ لہولہان تھا اور وہ نڈھال ہو چکا تھا، مگر ایک دوسرے دشمن کو نزدیک آتے ہوئے دیکھ کر اپنی بچی کھچی طاقت سمیٹ کر گردن اوپر اٹھائی اور بوڑھے دائزو کے مقابل ہو کر اسے گھورنے لگا۔ وہ صرف پرندہ تھا مگر اس نے ایک سردار کی جرات کا مظاہرہ کیا۔

بوڑھے دائزو نے اپنے ہاتھ ژان سے تسو کی طرف بڑھائے مگر ژان سے تسو اب ساکن ہو چکا تھا۔ بوڑھے دائزو نے محسوس کیا کہ ژان سے تسو یہ سمجھنے کے باوجود کہ اس کا آخری وقت آ گیا ہے اپنی سرداری کے وقار کو بچانے کی کوشش کر رہا ہے۔

بوڑھے دائزو کے دل پر اس کا اثر ہوا اور وہ یہ بھول گیا کہ وہ اس وقت ایک پرندے کے سامنے ہے۔

ژان سے تسو نے بوڑھے دائزو کے پنجرے میں جاڑے کا ایک موسم گزارا۔ بہار کا

موسم آتے آتے اس کے سینے کا زخم بھی ٹھیک ہو گیا اور بدن کی طاقت بھی بحال ہو گئی۔

یہ بہار کی ایک خوش گوار صبح کی بات ہے۔ بوڑھے دائزو نے پنجرے کا پٹ پورا کھول دیا۔ ژان سے تسو نے اپنی لمبی گردن جھکائی۔ ایسا معلوم ہوتا تھا کہ اپنے سامنے پھیلی ہوئی دنیا دیکھ کر وہ حیرت زدہ ہے، مگر پھڑ پھڑ کی خوش کن آواز ابھری۔ اس نے سیدھے آسمان کی طرف اڑان کی۔ آلو بخارے کا پورا کھلا ہوا پھول ژان سے تسو کے پر سے ٹکرا کر برف کی طرح ہولے ہولے بکھر گیا۔

"اے قازوں کے سورما! تمہارے جیسے اونچی اڑان والے پرندے بزدلانہ طریقے سے نہیں پکڑنے چاہئیں۔ ہاں! اگلے جاڑے میں بھی اپنے ساتھیوں کو لے کر دلدلی زمین پر آؤ! ہم پھر بہادرانہ جنگ لڑیں گے!"

پھولوں کے ایک درخت کے نیچے کھڑے ہوئے بوڑھے دائزو نے اونچی آواز میں قاز کو پکارا۔ ژان سے تسو کا رخ شمال کی جانب تھا۔ بوڑھا دائزو خوشی سے کھلے ہوئے چہرے سے اسے دیکھ رہا تھا۔ وہ بڑی دیر تک ٹکٹکی باندھے اسی طرف دیکھتا رہا۔

(۳) ملکہ اولگا کا انتقام
مولانا عبدالحلیم

بہت دن گزرے ملک کیف پر ایک بادشاہ کی حکومت تھی۔ اس کا نام اغور تھا۔ وہ ہر وقت سیر و تفریح میں مصروف رہتا تھا۔ اسے ملک کے انتظام سے کوئی دلچسپی نہ تھی۔ لوگ اغور کو بہت ناپسند کرتے تھے۔ اس کی ملکہ اولگا بہت خوبصورت، عقلمند اور ہوشیار عورت تھی۔ اس نے ملک کا سب انتظام سنبھالا ہوا تھا۔ مظلوم لوگ ظلم و ستم کی فریاد لے کر ملکہ کے پاس پہنچتے۔ وہ

ان کی فریاد سنتی، ظالموں کو سخت سزا دیتی اور مظلوموں کو جو نقصان پہنچا تھا اسے خزانے سے پورا کر دیتی۔ وہ غریبوں اور حاجت مندوں کی امداد کرتی رہتی تھی۔ رعایا کے سب لوگ چاہے وہ امیر ہوں یا غریب، سبھی ملکہ کو بے حد چاہتے تھے۔

ایک دن بادشاہ اغور شکار کھیلتا ہوا اپنے ساتھیوں سے بچھڑ گیا اور بد قسمتی سے ایک ایسے علاقے میں جا نکلا جہاں ایک دشمن قبیلے ڈرالون کی حکومت تھی۔ یہ وحشی اور جنگجو قبیلہ تھا۔ ان کی گزر اوقات لوٹ مار اور غارت گری پر تھی۔ وہ قافلوں کو لوٹ لیتے یا آس پاس کی بستیوں میں لوٹ مار کر قتل اور غارت گری کرتے۔ ان کی دہشت دور دور تک بیٹھی ہوئی تھی۔ ڈرالون کے سردار نے بادشاہ اغور کو بہت تکلیفیں پہنچائیں۔ آخر اسے مار ڈالا اور لاش کو ایک صندوق میں بند کر کے ملکہ اولگا کے پاس بھیج دیا۔ جب ملکہ نے صندوق کھولا اور لاش کو دیکھا تو اسے بے حد صدمہ ہوا۔ ملکہ اولگا بہت ہمت اور حوصلے

والی خاتون تھی۔ اس نے اپنے رنج و غم کو ظاہر نہ ہونے دیا۔ دربار میں موجود سب لوگوں کا یہی مطالبہ تھا کہ بادشاہ کے قتل کا انتقام لیا جائے اور ڈرالون قبیلے کو سخت سزا دی جائے۔

ملکہ نے بہت تحمل سے جواب دیا، "میرے معزز درباریو! میں بادشاہ کے قتل کا انتقام ضرور لوں گی لیکن میں چاہتی ہوں کہ سانپ بھی مر جائے اور لاٹھی بھی نہ ٹوٹے۔ یعنی میں ڈرالون والوں سے انتقام بھی لے لوں اور ہمارا کوئی نقصان بھی نہ ہو۔"

شاہ اغور کو قتل کرنے کے بعد ڈرالون کے سردار کا حوصلہ بہت بڑھ گیا تھا۔ اس نے سوچا اگر میں ملکہ اولگا سے شادی کر لوں تو اس طرح ملک کیف بھی ہمارے قبضے میں آ جائے گا۔ چنانچہ اس نے بیس آدمیوں کا ایک وفد ملکہ اولگا کی خدمت میں بھیجا اور ان کی معرفت شادی کا پیغام ملکہ کو پہنچایا۔ ملکہ اولگا، ڈرالون سردار کی اس جسارت پر بے حد ناراض ہوئی۔ وہ بہت ہوشیار اور عقلمند عورت تھی، اس لیے اس نے اپنے غیظ و غضب کو ظاہر نہ ہونے دیا۔ اس نے بہت خوشی کا اظہار کیا اور بولی، "تم لوگوں نے میرے دل کی بات کہہ دی، میں خود بھی تمہارے سردار سے شادی کرنے کی آرزو رکھتی تھی۔ اب تم اپنے ڈیرے واپس جاؤ۔ کل میں اپنے امیروں اور وزیروں کو تمہارے پاس بھیجوں گی تاکہ وہ تمہیں عزت و احترام سے اپنے ساتھ لائیں۔"

ملکہ اولگا نے وفد کے سربراہ کو بہت سے تحفے تحائف دے کر ڈرالون سردار کے پاس اسی وقت روانہ کر دیا اور کہلوایا کہ میں شادی کے لیے تیار ہوں۔

جب ڈرالون والے اپنے ڈیرے پر جا چکے تو ملکہ نے اپنے امیروں اور وزیروں سے کہا، "انتقام لینے کا وقت آ گیا ہے۔ خبردار، میرے حکم کی تعمیل میں کوئی اعتراض نہ کرنا۔ میں جیسا کہوں ویسا ہی کرنا۔"

اگلے دن صبح سویرے وزیر اور امیر وفد کے استقبال کے لیے جا پہنچے۔ انہوں نے

کہا، "آپ تشریف لے چلیے، ملکہ حضور نے آپ لوگوں کو یاد فرمایا ہے۔"

ڈرالون کے لوگ وحشی ہونے کے ساتھ ساتھ احمق بھی تھے۔ انہوں نے کہا، "ہم نہ گھوڑوں پر سوار ہو کر جائیں گے اور نہ کسی اور سواری پر بیٹھیں گے۔ ہم تمہارے کندھوں پر سوار ہو کر جائیں گے تاکہ لوگوں پر ہمارا رعب بیٹھ جائے اور وہ یہ بات اچھی طرح سمجھ لیں کہ اب ہم ان کے حاکم ہوں گے۔"

یہ بے ہودہ فرمائش سن کر کیف کے امیروں کو بے حد غصہ آیا۔ ایک وزیر نے کہا، "ہماری ملکہ کا حکم ہے کہ ہم آپ لوگوں کو عزت و احترام سے لے کر جائیں۔ اگر آپ لوگوں کی یہ مرضی ہے تو ہمیں آپ کی یہ شرط منظور ہے۔"

یہ کہہ کر انہوں نے ڈرالون والوں کو اپنے کندھوں پر اٹھالیا اور محل کی طرف لے چلے۔ جب وہ محل کے نزدیک پہنچے تو ایک دربان انہیں محل کی پچھلی طرف لے گیا۔ وہاں ایک گہرا کنواں کھدا ہوا تھا۔

انہوں نے ڈرالون والوں کو یہاں اتار دیا۔ دربان نے کہا، "ملکہ کا حکم ہے کہ ان معزز مہمانوں کو زندہ دفن کر دیا جائے۔"

اب ڈرالون والے بہت گھبرائے اور انہوں نے ادھر ادھر بھاگنے کی کوشش کی لیکن ملکہ اولگا کے امیروں نے انہیں دھکیل کر کنویں میں گرا دیا۔

اس کام سے فارغ ہو کر ملکہ اولگا نے اپنے کچھ ہوشیار امیروں کو ڈرالون کے سردار کے پاس بھیجا۔ انہوں نے سردار کی خدمت میں بہت قیمتی تحفے پیش کیے اور کہا، "ہماری ملکہ کو آپ سے شادی کرنا منظور ہے۔ آپ نے جو لوگ بھیجے تھے وہ ملکہ نے اپنے پاس ٹھہرا لیے ہیں تاکہ وہ آپ کے آداب اور رسوم سے واقف ہو جائیں۔ ہماری ملکہ کی خواہش ہے کہ آپ اپنے اعلیٰ شہہ سواروں، فوجی افسروں اور معزز لوگوں کو بھیجیں تاکہ

وہ انہیں دھوم دھام سے یہاں لائیں۔"

ڈرالون کا سردار یہ خوش خبری سن کر پھولا نہ سمایا۔ اس نے اپنے سب معزز سرداروں، فوجی افسروں، امیروں اور وزیروں کو ملکہ اولگا کے پاس بھیجا تاکہ وہ ملکہ کو شان و شوکت سے اپنے ساتھ لے کر آئیں۔ ملکہ اولگا نے ان لوگوں کی خوب خاطر و مدارت کی۔ اس نے کہا، "معزز مہمانو! آپ لوگ لمبے سفر سے تھک گئے ہوں گے، اس لیے پہلے غسل کرکے اپنے کپڑے تبدیل کر لیجیے۔"

انہیں غسل کے لیے حمام بھیج دیا گیا۔ یہ گرم حمام یا غسل خانے خاص طرح کے ہوتے تھے۔ ان کے فرش کے نیچے دھیمی دھیمی آنچ ہوتی تھی تاکہ غسل خانہ گرم رہے۔

جب یہ لوگ حمام میں داخل ہوئے تو اس کے دروازے بند کر دیے گئے اور فرش کے نیچے آگ تیز کر دی گئی۔ تھوڑی دیر میں حمام میں سخت گرمی ہو گئی۔ ڈرالون کے لوگ گرمی سے بے تاب ہو کر چیخنے چلانے لگے لیکن کسی نے دروازہ کھول کر نہیں دیا۔ آخر وہ سب لوگ حمام کے اندر دم گھٹ کر مر گئے۔

اب ملکہ اولگا نے سفر کی تیاری شروع کر دی۔ پہلے اس نے ایک قاصد ڈرالون سردار کے پاس بھیجا۔ اس نے اطلاع دی کہ ہماری ملکہ روانہ ہو چکی ہیں۔ وہ شہر کے باہر قیام کریں گی۔

پہلے وہ سب سرداروں، معزز لوگوں اور فوج کے سب سپاہیوں کی دعوت کریں گی۔ اس کے بعد وہ ان سب لوگوں کے ہمراہ محل میں داخل ہوں گی۔ شادی کی رسم محل کے اندر ادا کی جائے گی۔

ڈرالون سردار بہت خوش ہوا۔ جب اسے ملکہ کے آنے کی اطلاع ملی تو وہ کی

ہزاروں بہادر سپاہیوں، سرداروں اور امیروں کے ساتھ ملکہ کے استقبال کے لیے نکلا۔ ملکہ اولگا نے بہت خوشی اور مسرت کا اظہار کیا۔ سردار نے پوچھا، "میں نے جو فوجی افسر اور سردار آپ کے استقبال کے لیے بھیجے تھے وہ کہاں ہیں ؟"

ملکہ اولگا نے کہا، "وہ پورے لشکر کے ساتھ پیچھے پیچھے آرہے ہیں۔" یہ جواب سن کر ڈرالون کا سردار مطمئن ہو گیا۔

رات کے وقت ملکہ نے ڈرالون سردار اور اس کے ساتھیوں کی پر تکلف دعوت کی۔ طرح طرح کے کھانے دستر خوان پر چنے گئے۔ سب لوگوں نے خوب ڈٹ کر کھانا کھایا۔ اس کے بعد شراب کا دور چلا۔ شراب میں کوئی تیز نشہ اور دوا ملائی گئی تھی۔ اس لیے دو چار جام پی کر سب لوگ مدہوش ہو گئے۔ جب ملکہ کو یقین ہو گیا کہ اب انہیں کسی بات کا ہوش نہیں رہا ہے تو اس نے اپنے سپاہیوں کو اشارہ کر دیا۔ ڈرالون والوں کی یہ حالت تھی کہ وہ بھاگنا چاہتے تھے مگر نشے کی وجہ سے قدم لڑکھڑا رہے تھے۔ وہ اٹھ کر گرتے اور گرنے کے بعد پھر اٹھنے کی کوشش کرتے۔ ملکہ اولگا کے سپاہیوں نے انہیں گاجر مولی کی طرح کاٹ کر پھینک دیا۔

ڈرالون سردار کسی نہ کسی طرح فرار ہونے میں کامیاب ہو گیا۔ اس نے ملکہ کی چال بازی کی اطلاع دی۔ اسی وقت شہر کے سب دروازے بند کر دیے گئے۔ ہر طرف ایک افرا تفری مچ گئی۔ لوگ حیران و پریشان تھے۔ ان کی سمجھ نہیں آرہا تھا کہ یہ کیا ہو رہا ہے ؟

ملکہ نے ڈرالون والوں کی قوت بالکل توڑ دی تھی۔ اب ان میں مقابلے کی سکت بالکل نہ رہی تھی۔ وہ قلعہ بند کر کے بیٹھ گئے۔ ملکہ نے قلعے کا محاصرہ کر لیا۔ اس نے قلعہ فتح کرنے کے لیے کئی حملے کیے، لیکن وہ اپنی کوشش میں کامیاب نہ ہو سکی۔

آخر ملکہ نے چالا کی سے کام لیا۔ اس نے اپنے سفیر کے ذریعے پیغام بھیجا،" میں نے قسم کھائی تھی کہ میں یہ قلعہ فتح کیے بغیر واپس نہیں جاؤں گی۔ لیکن اگر تم صلح کرنا چاہو تو میں تمہارا قصور معاف کر دوں گی۔ میں تم سے معمولی جرمانہ وصول کروں گی جو تم آسانی سے ادا کر سکتے ہو۔"

ڈرالون سردار نے کہلوایا،" مجھے صلح کرنی منظور ہے۔ آپ جو جرمانہ طلب کریں گی میں ادا کروں گا۔"

ملکہ نے کہلوایا،" ہمارے ملک میں کبوتر اور چڑیاں نہیں ہوتے۔ میں چاہتی ہوں کہ ہر گھر سے دو چڑیاں اور دو کبوتر بھیجے جائیں۔ میں اس جرمانے کو وصول کر کے واپس چلی جاؤں گی۔"

ڈرالون سردار نے یہ پیغام سن کر کہا،" یہ کونسی مشکل بات ہے؟ ہم ایسی آسان شرط پر ملکہ سے صلح کرنے کو تیار ہیں۔"

دو تین دن کے اندر ہر گھر سے چڑیا اور کبوتر اکھٹے کر کے ملکہ کی خدمت میں روانہ کر دیے گئے۔

ملکہ نے حکم دیا جتنے کبوتر اور چڑیاں ہیں، اتنی ہی لوہے کی چھوٹی چھوٹی سلائیاں تیار کی جائیں۔ ان کے ایک سرے پر روئی کی گولی تیل میں ڈبو کر باندھ دی جائے۔ ان سلائیوں کا دوسرا سرا چڑیاؤں اور کبوتروں کی دموں سے باندھ دیا جائے۔

سپاہیوں نے ملکہ کے حکم کی تعمیل کی۔ شام کے وقت روئی کی گولیوں میں آگ لگا کر ان چڑیاؤں اور کبوتروں کو چھوڑ دیا گیا۔ پرندوں کے اڑنے سے آسمان پر ایک عجیب قسم کی آتش بازی کا تماشا نظر آیا۔ ڈرالون کے لوگ یہ تماشا دیکھنے کے لیے اپنے کوٹھوں پر چڑھ گئے۔ ہر طرف پھلجڑیاں سی چھوٹ رہی تھیں۔ لوگ اس تماشے کو دیکھ کر حیران ہو

رہے تھے۔ ذرا دیر بعد یہ چڑیاں اور کبوتر اپنے اپنے گھونسلے میں جا پہنچے۔ وہ جہاں پہنچے اور جس گھر میں اترے، اس میں آگ لگ گئی۔ قلعے کے ہر کونے اور آبادی کے ہر گھر سے شعلے بلند ہو رہے تھے۔ ہر طرف آگ کا سمندر ٹھاٹھیں مار رہا تھا۔ بہت سے لوگ اس میں جل کر مر گئے۔ لوگوں نے گھبرا کے قلعے کا پھاٹک کھول دیا اور ادھر ادھر بھاگنے لگے۔ لیکن یہاں ملکہ اولگا کے سپاہی ان کی گھات میں بیٹھے ہوئے تھے۔ وہ ان پر ٹوٹ پڑے۔ ہزاروں لوگوں کو گاجر مولی کی طرح کاٹ کر پھینک دیا اور ڈرالون کی پوری قوم کو تباہ و برباد کر دیا۔ اور ان کے قلعے اور آبادی کو راکھ کے ڈھیر میں تبدیل کر کے رکھ دیا۔ اس طرح ملکہ اولگا نے بادشاہ کے قتل کا انتقام لیا۔ اس پورے معرکے میں اس کا ایک بھی فوجی ہلاک نہیں ہوا۔

(۴) بہادر شکاری

نجم الثاقب

سوئزر لینڈ کے اونچے پہاڑوں کے دامن میں ایک آدمی رہتا تھا، جس کا نام ولیم ٹیل تھا۔ ولیم ٹیل ایک بہادر اور زبردست شکاری تھا۔ وہ اپنے تیر کمان سے صحیح نشانہ لگانے کی وجہ سے پورے ملک میں مشہور تھا۔ اس وقت سوئزر لینڈ میں ایک ظالم شخص کی حکومت تھی، جس کا نام گیسلر تھا۔ گیسلر اپنی طاقت کے مظاہرے کر کے لوگوں پر رعب جماتا تھا۔ اس نے بہت سے سخت قوانین

بنائے تھے، جن پر وہ لوگوں سے زبردستی عمل کراتا تھا۔ اس نے اپنا ہیٹ اونچی جگہ پر لٹکوادیا تھا اور یہ حکم جاری کر دیا تھا کہ سب لوگ گزرتے وقت اس ہیٹ کو سلام کریں۔

سوئزر لینڈ کے لوگوں کو گیسلر کا یہ حکم پسند نہیں آیا۔ ان کو یہ گوارا نہیں تھا کہ ایک معمولی ہیٹ کو سلام کریں، اس لیے انہوں نے اس طرف سے گزرنا بند کر دیا۔ شکاری ولیم ٹیل پہاڑ کے دامن میں رہتا تھا۔ اس کو اس نئے قانون کے بارے میں علم نہیں تھا کہ ہیٹ کو سلام کیے بغیر وہاں سے گزرنا قانوناً جرم ہے۔

ایک دن ولیم تیل کسی کام سے گاؤں آیا۔ اس کے ساتھ اس کا بیٹا بھی تھا۔ ولیم جب گیسلر کے ہیٹ کے نیچے سے بغیر سلام کیے گزر گیا تو اسے ایک سپاہی کی آواز سنائی دی، جو وہاں اس چیز کو دیکھتا تھا کہ کوئی شخص ہیٹ کو سلام کیے بغیر تو نہیں چلا گیا۔ سپاہی زور سے

چیخا، "رک جاؤ! تم نے یہاں سے گزرتے وقت اپنے حکمران کے ہیٹ کو سلام کیوں نہیں کیا؟"

ولیم ٹیل نے کہا، "میں اس ہیٹ کو سلام کیوں کروں؟"

"یہ ہیٹ تمہارے حکمران گیسلر کا ہے۔ اس نے اس ہیٹ کی تعظیم میں اسے سلام کرنے کا حکم دیا ہے۔" سپاہی نے جواب دیا۔

ولیم ٹیل نے فوراً جواب دیا، "مگر میں نے تو یہ حکم نہیں سنا۔ میں اس ہیٹ کی کوئی تعظیم نہیں کروں گا۔"

"تب تمہیں میرے ساتھ چلنا پڑے گا۔" سپاہی نے اکڑ کر کہا۔

"نہ میں اس ہیٹ کو سلام کروں گا اور نہ میں تمہارے ساتھ کہیں جاؤں گا۔" ولیم ٹیل پیچھے ہٹتے ہوئے بولا اور ترکش میں رکھا ہوا ایک تیر نکالنے لگا۔

اسی وقت گیسلر اپنے سپاہیوں کے ایک دستے کے ساتھ وہاں پہنچ گیا۔

"یہ کیا شور ہو رہا ہے؟" اس نے غصّے سے پوچھا۔

"یہ شخص ولیم ٹیل آپ کے ہیٹ کو سلام کرنے کے لیے تیار نہیں ہے۔" سپاہی نے ادب سے جواب دیا۔

"اچھا تو تم ہو ولیم ٹیل؟" گیسلر نے کہا اور اس کے قریب اپنے گھوڑے کو لے آیا۔

"میں نے سنا ہے کہ تم بہت اچھے نشانے باز ہو اور پورے ملک میں تمہارے مقابلے کا کوئی نہیں۔ کیا یہ سچ ہے؟"

"میں بہت سے لوگوں سے بہتر نشانے باز ہوں۔" ولیم ٹیل نے ادب اور عاجزی سے جواب دیا۔

گیسلر نے کہا، "مجھے تمہاری مہارت آزمانے کے لیے ایک خیال سوجھا ہے۔ میں تم

سے وعدہ کرتا ہوں کہ اگر تم نشانہ لگانے میں کامیاب ہو گئے تو تم کو چھوڑ دیا جائے گا۔"

"میں تمہاری شرط پوری کر کے خوشی محسوس کروں گا۔ مجھے کیا کرنا ہے؟" ولیم نے کہا۔

"کیا یہ تمہارا بیٹا ہے؟" گیسلر نے پاس کھڑے ہوئے اس کے بیٹے کی طرف اشارہ کرتے ہوئے پوچھا۔

"ہاں۔"

"کیا یہ بھی بہادر ہے؟"

"میرے خیال میں یہ بہادر ہے۔"

"پھر یہ تمہاری مدد کر سکتا ہے۔ اس لڑکے کو شاہ بلوط کے درخت کے نیچے کھڑا کر دو۔ یہ سیب اس کے سر پر رکھ دو۔ اگر تم ایک ہی تیر میں اس سیب کو گرا سکے تو میں تم کو آزاد کر دوں گا۔" مکار گیسلر یہ کہتے ہوئے مسکرا رہا تھا۔

گیسلر کے سب سپاہی بھی خوف و دہشت سے یہ سب دیکھ رہے تھے۔

ولیم ٹیل زور سے چیخا، "کیا تم یہ چاہتے ہو کہ میں اپنے بیٹے کو اپنے ہاتھ سے قتل کر دوں؟ میں یہ نہیں کروں گا۔"

لیکن اس کا بیٹا ذرا بھی خوفزدہ نہیں تھا۔ وہ اپنے والد سے بولا، "میرے پیارے ابّو! میں بالکل سیدھا کھڑا رہوں گا۔ آپ اپنے اوسان خطا نہ کیجیے۔ میں جانتا ہوں آپ سیب گرا سکتے ہیں۔"

اس بہادر لڑکے نے گیسلر کے پاس پہنچ کر اپنا ہاتھ بڑھایا اور سیب لے لیا۔ پھر قدم بڑھاتا ہوا درخت کے پاس پہنچا۔ اس نے بڑی احتیاط سے سیب کو اپنے سر پر رکھا اور کہا، "میں تیار ہوں۔"

ولیم ٹیل نے لرزتے ہوئے ہاتھوں سے ترکش میں سے دو لمبے اور سیدھے تیر نکال لیے۔ ایک اس نے اپنی پیٹی میں اڑس لیا اور دوسرا اپنی کمان میں چڑھانے لگا۔ نہایت احتیاط اور مضبوط ارادے کے ساتھ اس نے کمان کھینچی اور تیر چھوڑ دیا۔ تیر سنسناتا ہوا اپنے نشانے پر جا لگا۔ سیب درمیان سے دو ٹکڑے ہو گیا۔ بہادر لڑکا اپنے باپ کی طرف دوڑا جس نے اسے مضبوط بازوؤں میں چھپا لیا۔

گیسلر ولیم کی طرف مڑا، "تم نے اپنی پیٹی میں دوسرا تیر کیوں رکھا تھا؟ یہ تم نے مجھے مارنے کے لیے رکھا تھا؟ بتاؤ۔"

ولیم ٹیل گیسلر کی آنکھوں میں آنکھیں ڈالتے ہوئے بولا، "دوسرا تیر تمہارے دل کے لیے تھا۔ اگر میرے بیٹے کا بال بھی بیکا ہوتا تو میں تمہیں نہ چھوڑتا۔"

گیسلر یہ سن کر غصّے سے کھول گیا اور اپنے سپاہیوں کی طرف مڑتے ہوئے بولا، "اس شخص کو لے جاؤ اور جھیل کے پار میرے قلعے کے سب سے مضبوط کمرے میں بند کر دو۔"

اس سے پہلے کہ ولیم حرکت میں آتا، سپاہیوں نے اسے پکڑ لیا اور لے جا کر ایک کشتی میں بیٹھا دیا۔ کشتی چل پڑی۔ یہ لوگ کشتی چلاتے ہوئے جب جھیل کے درمیان پہنچے تو زبردست طوفان آ گیا۔ پانی کی لہریں زور زور سے اچھلنے لگیں۔ کشتی کے ڈوب جانے کا خطرہ پیدا ہو گیا۔ کشتی سپاہیوں کے قابو میں نہیں آ رہی تھی۔ تھوڑی دیر بعد محافظوں کے سردار نے ولیم ٹیل کی طرف مڑتے ہوئے کہا، "تم ایک ملاح ہو اور تم ہم سے بہتر اس جھیل کے بارے میں جانتے ہو۔ اگر ہم تمہارے ہاتھ کھول دیں تو کیا تم اس کشتی کو بچانے میں ہماری مدد کرو گے؟"

"ہاں کروں گا!" ولیم نے کہا۔

تب انہوں نے ولیم کے ہاتھوں کی رسیاں کھول دیں۔ ولیم نے جلدی سے کشتی کو سنبھالا اور اسے ایک چھوٹے سے جزیرے کی طرف لے آیا۔ ابھی کشتی کنارے سے دور ہی تھی کہ ولیم نے اپنی کمان پانی میں پھینکی اور چھلانگ لگا کر کشتی کو زور دار دھکّا مارا اور اسے پانی میں دوبارہ دھکیل دیا۔ ولیم کے بیٹے نے بھی اسی کے ساتھ پانی میں چھلانگ لگا دی تھی۔

"روکو اسے، مارو اسے!" سپاہیوں کا سردار چلایا۔

مگر اب بہت دیر ہو چکی تھی۔ ولیم ٹیل پہلے ہی جزیرے کے کنارے اگی ہوئی جھاڑیوں میں چھپ گیا تھا۔ وہ اسے نہ ڈھونڈ سکے۔ ولیم ٹیل پہاڑوں پر چڑھ کر اپنے مکان پر پہنچ گیا، جہاں وہ ظالم گیسلر کے بنے ہوئے قانون سے آزاد تھا۔

اس بات کو زیادہ عرصہ نہیں گزرا تھا کہ عوام نے گیسلر کے خلاف بغاوت کر دی۔ گیسلر کی حکومت کا خاتمہ ہو گیا اور لوگوں نے ولیم ٹیل کو اپنا نیا حاکم منتخب کر لیا اور اس کی حکومت میں پر امن اور خوش حال زندگی بسر کرنے لگے۔

(۵) سچ جھوٹ

زبیدہ عنبرین

بہت عرصے کی بات ہے۔ لبنان میں ایک بادشاہ حکومت کرتا تھا۔ وہاں کے لوگوں کو اپنے بادشاہ سے بڑی محبّت تھی۔ اور بادشاہ بھی رعایا کا بے حد خیال رکھتا تھا۔ وہ اپنے بزرگوں کی تقلید کرتے ہوئے روزانہ سادہ کپڑوں میں شہر کی گلیوں میں گھوم پھر کر لوگوں کے بارے میں معلوم کرتا رہتا تھا کہ لوگ کس طرح دن گزار رہے ہیں۔ اگر کوئی دکھی ہوتا تو بادشاہ اس کی مدد بھی کر دیا کرتا۔ ایک رات بادشاہ حسب معمول شہر کی گلیوں میں گھوم رہا تھا۔ چلتے چلتے وہ جیل کے دروازے تک پہنچ گیا۔ جیل کے پاس سپاہی ایک چور کو پکڑ کر اندر لے جا رہا تھا۔ بادشاہ نے سوچا آج جیل کے اندر جا کر دیکھنا چاہیے کہ یہاں کیا ہوتا ہے۔

یہ سوچ کر بادشاہ جیل کے دروازے کے پاس پہنچ گیا۔ بادشاہ کو دیکھتے ہی سپاہیوں نے پہچان لیا اور تعظیم سے سر جھکا دیے۔ بادشاہ نے جب سپاہیوں کو بتایا کہ وہ جیل کا معائنہ کرنا چاہتا ہے تو سپاہی بادشاہ کو لے کر اندر چلے گئے۔

قیدیوں کو جب پتا چلا کہ بادشاہ سلامت خود چل کر ان سے ملنے آئے ہیں تو وہ سب بادشاہ کے ارد گرد جمع ہو گئے۔ بادشاہ نے باری باری ان سے ان کے حالات پوچھے۔ بادشاہ نے ایک قیدی سے پوچھا، "تمھیں کس جرم کی سزا ملی ہے؟"

وہ آدمی کہنے لگا، "بادشاہ سلامت! میں نے کوئی جرم نہیں کیا۔ میں بے گناہ ہوں۔

مجھے چوری کے الزام میں پکڑا گیا ہے۔ حالانکہ میں نے زندگی میں کبھی چوری نہیں کی۔"

بادشاہ نے جب دوسرے قیدی سے پوچھا کہ تمہارا قصور کیا ہے تو اس نے بھی روتے ہوئے بادشاہ سے کہا کہ میں بے قصور ہوں، میں نے کوئی جرم نہیں کیا لیکن یہ سپاہی پھر بھی مجھے پکڑ کر لے آئے ہیں۔ غرض جتنے بھی قیدی تھے سب ہی نے بادشاہ کو یہ یقین دلانے کی کوشش کی کہ وہ بے گناہ ہیں۔ بادشاہ سلامت سب کی باتیں سنتے رہے اور مسکراتے رہے۔ اتنے میں بادشاہ کی نظر ایک ایسے قیدی پر پر جو سر جھکائے الگ بیٹھا تھا۔ بادشاہ نے سپاہیوں سے کہا کہ اس آدمی کو ہمارے پاس لاؤ، یہ کیوں منہ چھپائے بیٹھا ہے؟ سپاہی جب اس آدمی کو بادشاہ کے پاس لائے تو بادشاہ نے پوچھا، "اے نوجوان! کیا بات ہے؟ تم منہ چھپائے کیوں بیٹھے ہو؟"

اس آدمی نے روتے ہوئے کہا، "بادشاہ سلامت! میں بے حد گناہ گار ہوں۔ میرے گناہ نے مجھے اس قابل نہیں چھوڑا کہ میں کسی کو منہ دکھا سکوں۔"

بادشاہ نے کہا، "ہمیں بتاؤ تو سہی تم نے کیا جرم کیا ہے؟"

اس شخص نے کہا، "میں ایک اچھا آدمی تھا۔ ہمیشہ ایمانداری سے کام کرتا تھا۔ ایک دن نجانے کیوں میرے دل میں شیطان نے گھر کر لیا اور میں نے ایک آدمی کے پیسے چرا لیے اور یوں مجھے جیل بھیج دیا گیا۔"

بادشاہ نے سوچتے ہوئے کہا، "یہاں یہ سب بے گناہ ہیں سوائے تمہارے۔ صرف تم ہی ایک ایسے آدمی ہو جس نے اپنے آپ کو گناہ گار بتایا ہے۔ لہذا اتنے بے گناہ لوگوں میں ایک گناہ گار کو نہیں رکھنا چاہیے۔ میں تمہیں رہا کرتا ہوں۔"

کچھ عرصہ گزر گیا۔ ایک دفعہ بادشاہ پھر جیل کا معائنہ کرنے آیا اور باری باری قیدیوں سے ملاقات کی۔ اس دفعہ ہر قیدی نے بادشاہ کو اپنے جرم کی تفصیل سنائی۔ بادشاہ

نے یہ سننے کے بعد حکم جاری کیا کہ یہ لوگ واقعی گناہ گار ہیں۔ انہیں ابھی تک شرمندگی کا احساس نہیں۔ یہ بڑے فخر سے اپنے جرموں کی کہانی مزے لے لے کر سناتے ہیں۔ لہٰذا ان کی سزا اور بڑھا دی جائے۔

یہ سن کر وہ لوگ بے حد حیران ہوئے اور بادشاہ کے جانے کے بعد اس کے وزیر سے پوچھنے لگے کہ جب اس شخص نے اپنے گناہ کا اعتراف کیا تھا تو بادشاہ نے اسے چھوڑ دیا تھا لیکن جب ہم نے گناہ کا اعتراف کیا ہے تو بادشاہ نے ہمیں اور سزا دی ہے۔ یہ سن کر بادشاہ کا وزیر جو بے حد عقلمند تھا اور بادشاہ کے مزاج کو سمجھتا تھا، کہنے لگا، "پہلے آدمی کو اس لیے چھوڑا گیا کہ اس نے جرم کا اعتراف اس لیے نہیں کیا تھا کہ وہ آزاد ہونا چاہتا تھا، بلکہ اس لیے کیا تھا کہ وہ اپنے کیے پہ نادم تھا۔ لیکن تم لوگوں نے پہلی دفعہ بادشاہ کو اپنی بے گناہی کی کہانی سنائی تاکہ وہ تمہیں آزاد کر دے۔ اس دفعہ گناہ کا اعتراف بھی اس لیے کیا کہ شاید بادشاہ تمہیں چھوڑ دے، اس لیے بادشاہ نے تمہیں آزاد نہیں کیا۔"

(٦) پیشین گوئی

ابرار محسن

برے لوگوں سے کسی بھی اچھائی کی امید رکھنا فضول ہے۔ یہی وجہ تھی جو فیسی لکڑ بھگا بری بات کے علاوہ اور کچھ سوچتا ہی نہیں تھا۔ ایک دن اس کے ذہن میں ایک شیطانی خیال آیا کہ کسی طرح جنگل کے جانوروں کو کسی خیالی خوف میں مبتلا کر دے۔ دراصل یہ کوئی انجانا خوف ہی ہوتا ہے جس کی وجہ سے آدمی کبھی ستاروں کی چال دیکھتا ہے، ہاتھ کی لکیریں پڑھواتا ہے اور بہت سے وہموں

کا شکار رہتا ہے اور نجومیوں اور پیشن گوئیاں کرنے والوں کی چاندی ہوتی ہے۔ فیسی نے غالباً کسی انسانی بستی میں جا کر یہ نئی شرارت سیکھی تھی۔ بس جنگل کی آگ کی طرح یہ خبر ہر طرف پھیل گئی کہ فیسی جانوروں کے پنجے دیکھ کر مستقبل کا بتا دیتا ہے۔ خولو خرگوش نے سب کو بہت یقین دلایا کہ فیسی مکار ہے، خوامخواہ بہکا رہا ہے سب کو، مگر کسی نے نہ سنی۔

فیسی ایک درخت کے نیچے بیٹھا تھا۔ اس کے چاروں طرف جانور عقیدت سے دمیں سمیٹے بیٹھے اور اس سے سب درخواست کر رہے تھے کہ وہ ان کے پنجے دیکھ کر قسمت کا حال بتائے اور آنے والے خطروں سے آگاہ کرے۔

فیسی نے بڑے تکبر سے ان سے کہا، "ایک قطار بنا کر آؤ۔ یاد رکھو، میں کوئی فیس نہیں لے رہا ہوں، میرے لیے صرف گوشت کے ٹکڑے لایا کرو، ذائقے دار!"

سب سے پہلے چیتا آگے بڑھا اور اپنا پنجہ اس کی طرف بڑھایا۔

"ہوں!" فیسی نے اسے غور سے دیکھتے ہوئے کہا، "مصیبت سر پر کھڑی ہے۔ آٹھ دن تک گھاس میں چھپے رہو۔ کہیں مت جاؤ۔"

اگلا جانور لنگور تھا۔ فیسی نے اس کا پنجہ دیکھ کر آگاہ کیا، "جس دن درختوں پر بیٹھو گے بجلی گر جائے گی۔ دس دن تک درختوں سے دور رہو۔"

اب ہاتھی کی باری آئی۔ فیسی نے اس کا لمبا چوڑا پیر دیکھ کر کہا، "پندرہ دن گنّے مت کھاؤ ورنہ پیٹ کا مرض لگ جائے گا۔"

شیر نے ڈرتے ڈرتے اپنا پنجہ دکھایا۔

فیسی نے اسے بتایا، "جہاں پناہ! آپ کے سر پر خطرے کے خوفناک سائے منڈلا رہے ہیں۔ آپ کو چاہیے ایک مہینے تک گوشت سے پرہیز کریں اور صرف پھل کھائیں۔ ہاں اگر آپ کا دل کرے تو کسی جانور کا شکار کر سکتے ہیں مگر اسے کھا نہیں سکتے۔ اسے کوئی لکڑ بھگا کھا لیا کرے گا۔" یہ کہتے ہوئے فیسی نے ہونٹوں پر زبان پھیری۔

دیکھتے ہی دیکھتے جنگل کی حالت بدل گئی۔ چیتا دن بھر گھاس میں چھپا بیٹھا رہتا۔ لنگور زمین پر مارا مارا پھرتا۔ ہاتھی گنّے کو ترستا اور شیر تو فاقے ہی کر رہا تھا۔ وہ پھل کھا ہی نہیں سکتا تھا۔ فیسی نے ان کے دلوں میں خوف بھر کر ان کو چوہوں سے بھی بدتر بنا دیا تھا۔ غیور جانور ڈرے سہمے زندگی سے بیزار رہنے لگے۔ شیر کی حالت سب سے زیادہ خراب تھی۔ وہ ہڈیوں کا پنجر بن کر رہ گیا تھا۔ وہ شکار مارتا تھا، مگر کھانے کی اجازت نہ تھی۔ آخر تمام جانور مل کر خولو خرگوش کے پاس گئے اور اس سے کہا، "ہم کیا کریں خولو؟ اس طرح کیسے زندہ رہیں گے؟"

خولو بولا، "لکڑ بھگے کی بات مانتے ہی کیوں ہو؟ وہ بکواس کرتا ہے۔"

"وہ نجومی ہے اور نجومی سچے ہوتے ہیں۔" جانوروں نے یقین دلانا چاہا۔ خولو نے انہیں سمجھایا کہ یہ سب عقیدے کی کمزوری ہے، مگر جانوروں کی سمجھ میں بات نہ آئی۔

آخر خولو نے کہا، "میں خود فیسی کو دیکھتا ہوں۔"

فیسی جانوروں کے پنجے دیکھ کر انہیں خوب ڈرا رہا تھا۔

"میری باتوں پر توجہ کرو۔ میں آنے والے دنوں کو صاف صاف دیکھ سکتا ہوں۔"

خولو نے اچانک پوچھا، "اپنے بارے میں کیا جانتے ہو؟"

فیسی نے اطمینان سے جواب دیا، "میرا پنجہ یہ بتاتا ہے کہ اگلے ایک برس تک موج کروں گا۔ میرے جسم پر خراش تک نہیں آئے گی۔"

خولو بولا، "مگر میرا پنجہ کہتا ہے کہ میں اسی وقت کسی مکار لکڑ بھگے کی خبر لوں گا۔"

یہ کہہ کر خولو نے فیسی کے سر پر ڈنڈا اجڑ دیا۔ فیسی بیہوش ہو کر گر پڑا۔

خولو بولا، "دیکھو اسے! ایک برس کی بات کر رہا تھا مگر اگلے پل کی خبر نہیں تھی۔ اس کی باتوں پر یقین مت کرو۔

جانوروں کی سمجھ میں بات آگئی اور وہ فیسی کے ہوش میں آنے کا انتظار کرنے لگے تاکہ اس کی اچھی مرمت کر سکیں۔

(۷) غریب ہی اچھا

مسعود احمد برکاتی

ایک آدمی دولت کمانے کی خواہش پوری کرنے کے لیے ہالینڈ گیا۔ وہ ہالینڈ کے دارالحکومت ایمسٹریڈم پہنچا۔ اس شہر میں ادھر ادھر گھومتے پھرتے اس نے ایک بہت عالیشان عمارت دیکھی۔ بہت دیر تک عمارت کو دیکھتا اور سوچتا رہا کہ یہ کس شخص کا مکان ہے؟ کون خوش قسمت شخص اس میں رہتا ہو گا؟ وہ کتنا مال دار ہو گا؟ ایک آدمی قریب سے گزر رہا تھا۔ مسافر نے اس شخص سے پوچھا

کہ یہ کس کا مکان ہے تو اس آدمی نے کہا، "کے نی ٹوورس ٹن۔" ہالینڈ کی زبان میں اس کا مطلب ہے، "میں آپ کی بات نہیں سمجھا۔" لیکن مسافر یہ زبان نہیں جانتا تھا، اس لیے اس نے سمجھا کہ یہ آدمی مکان مالک کا نام "کے نی ٹوورس ٹن" بتا رہا ہے۔

اس آدمی کی یہ خواہش اب اور بھی بڑھ گئی کہ وہ چھوٹی موٹی نوکری یا محنت مزدوری کرنے کے بجائے کوئی بڑا کام کرے، خوب کمائے اور بہت ساری دولت اکھٹی کرے۔ اس فکر میں اس نے اور زیادہ کوشش شروع کر دی۔ ایک دن وہ سمندر کے کنارے پہنچا۔ اس نے دیکھا ایک بہت بڑا جہاز گودی پر لگا ہوا ہے اور ہزاروں مزدور سامان اتار رہے ہیں۔ مسافر نے ایک آدمی سے پوچھا، "یہ جہاز کس کا ہے؟"

جواب ملا، "کے نی ٹوورس ٹن۔"

مسافر پھر یہی سمجھا کہ یہ جہاز کے مالک کا نام ہے۔ وہ دل میں سوچنے لگا کہ "کے نی ٹو

ورس ٹن "کتنا رئیس ہے جو چیز دیکھو اس کی ہے۔

کچھ دن بعد مسافر نے دیکھا کہ ایک جنازہ جا رہا ہے۔ ہزاروں آدمی اس جنازے کے جلوس میں شریک ہیں۔ مسافر سمجھ گیا کہ کوئی بڑا آدمی مرا ہے۔ اس نے سوچا اس آدمی کا نام معلوم کرنا چاہیے۔ جب اس نے کسی سے پوچھا تو وہی جواب ملا، "کے نی ٹو ورس ٹن۔"

مسافر کو بڑا رنج ہوا۔ وہ سوچنے لگا کہ دیکھو کوئی آدمی کتنا ہی بڑا ہو، کتنی ہی دولت اور جائداد کا مالک ہو موت سے نہیں بچ سکتا۔ تو پھر مال و دولت اکھٹی کرنے کا کیا حاصل؟ اب اس آدمی کو دیکھو، سارا مال و متاع دوسروں کے لیے چھوڑ کر رخصت ہو گیا۔ میں خوامخواہ دولت کمانے کی فکر میں ملکوں ملکوں گھوم رہا ہوں۔ مال دار بننے کی خواہش نے مجھے پریشان کر رکھا ہے۔ نہیں، اب میں لالچ نہیں کروں گا اور جو بھی کام کروں گا محنت سے کروں گا اور بس اتنا کماؤں گا کہ اپنا اور اپنے بچوں کا پیٹ بھر سکوں اور عزت سے رہ سکوں۔ محنت اور ایمان داری سے کما کر کھانے میں ہی زندگی مزے سے گزرتی ہے۔

(۸) اپریل کا مسافر

خلیل جبار

رات کے اندھیرے میں بس تیزی سے سڑک پر دوڑ رہی تھی۔ اس کی ہیڈ لائٹوں سے سڑک روشن تھی بس میں بیٹھے انیس احمد بڑی بے چینی سے پہلو بدل رہے تھے۔ آج وہ جتنی جلدی گاؤں پہنچنا چاہ رہے تھے، اتنی ہی ان کو دیر ہو گئی تھی۔ یہ بس گاؤں جانے والی آخری بس تھی، لیکن مسافروں کی کمی کی وجہ سے دیر تک اسٹاپ پر کھڑی رہی۔ بس چلی تو بہت دیر ہو چکی تھی، لیکن مسافروں نے اس پر بھی سکون کا سانس لیا۔

کچھ فاصلہ طے کر کے بس چلتے چلتے رک گئی۔ بس کے اچانک جنگل میں رک جانے پر سب مسافر ایک دوسرے کو حیرت سے دیکھنے لگے۔ جب کوئی مسافر بس سے نہیں اترا اور نہ کوئی نیا مسافر بس میں چڑھا تو سب مسافروں کو غصہ آنے لگا۔

ایک بڑے میاں نے اپنی سیٹ پر سے کھڑے ہو کر کہا: "کیا ہوا؟ یہ بس کیوں روک دی؟"

ڈرائیور نے کہا: "بڑے صاحب! گاڑی کا انجن گرم ہو گیا ہے، اس لیے بس کو روکنا پڑا ہے۔

ایک نوجوان بولا: "ارے! کہیں یہ ڈاکوؤں سے ملے ہوئے نہ ہوں اور جان بوجھ کر بس کے خراب ہونے کا بہانا بنا کر اپنے ساتھیوں کا انتظار کر رہے ہوں۔"

"آپ خواہ مخواہ قیاس آرائیاں شروع کر دیتے ہیں۔ ہماری کوشش یہی ہوتی ہے کہ

شہر سے آئے ہوئے تمام مسافر اپنے گھروں کو پہنچ جائیں۔"

بس ڈرائیور نے مسافروں کو سمجھانے کی کوشش کی: "یہ ہمارا فرض ہے کہ مسافروں کی خدمت کریں۔ ڈاکوؤں سے مل کر ہمیں کیا ملے گا۔ فرض کیجیے ہم ان سے مل جاتے ہیں۔ جب روز روز بس لٹنے لگے گی تو پھر کوئی بھی مسافر اس آخری بس میں سفر نہیں کرے گا اور ہمارا دھندا چوپٹ ہو جائے گا۔ آپ لوگ اللہ کی ذات پر بھروسا رکھیے، کچھ نہیں ہو گا۔" ڈرائیور نے کہا۔

ڈاکوؤں کا نام سن کر انیس احمد پر کپکپی سے طاری ہو گئی۔ انھوں نے سن رکھا تھا کہ اس علاقے میں بڑے خطرناک ڈاکو ہوتے ہیں۔ اگر کوئی پیسے دینے میں ذرا تاخیر کرے تو فوراً سے اسے گولی مار دیتے ہیں۔ ڈاکوؤں کے خوف سے انیس کے ماتھے پر پسینے کی بوندیں آ گئیں۔ ان کی جیب میں بیس ہزار روپے تھے، جو وہ اپنے کزن کو دینے گاؤں جا رہے تھے۔ انیس احمد نے ماتھے سے پسینا صاف کیا اور بس کے شیشے سے باہر دیکھا کہ کہیں واقعی ڈاکو نہ آ رہے ہوں، لیکن باہر ہر طرف اندھیرا ہونے کی وجہ سے کچھ دکھائی نہیں دے رہا تھا۔ بس ڈرائیور نے بھی ڈاکوؤں کے خوف سے بس کی روشنی بجھا دی تھی تاکہ ڈاکو روشنی دیکھ کر اس کی طرف نہ آ سکیں۔ مسافر بظاہر خاموش تھے، لیکن چہروں سے خوف جھلک رہا تھا۔

انیس احمد کو ان کے کزن ہاشم کے بیٹے ندیم نے آج ہی شام ٹیلے فون کر کے اطلاع دی تھی کہ ہاشم کا خطرناک ایکسی ڈنٹ ہو گیا، آپ جلدی گاؤں پہنچیں۔ ایکسی ڈنٹ کی اطلاع ملتے ہی انیس احمد نے بیس ہزار روپے کی رقم احتیاطاً اپنے پاس رکھ لی تھی کہ کہیں پیسوں کی ضرورت نہ پڑ جائے، ہاشم کے علاج کے لیے۔ کوئی اور موقع ہوتا تو وہ کبھی رات میں سفر نہ کرتے۔

انیس احمد تین سال کے بعد اپنے گاؤں جارہے تھے۔ ہاشم کے ایکسی ڈنٹ کی اطلاع نے احمد کو بے چین کر دیا تھا اور وہ جلد سے جلد ہاشم کے پاس پہنچنا چاہ رہے تھے۔

گاؤں قریب آنے پر بس ڈرائیور نے گاؤں کے مسافروں کو ویران اور سنسان سڑک پر اتار دیا اور بس نواب شاہ جانے کے لیے روانہ ہو گئی۔ سڑک پر اندھیرا تھا اور سڑک کے کنارے درختوں کا سلسلہ دور تک نظر آرہا تھا۔

"ارے! یہ بس والے نے ہمیں کہاں اتار دیا ہے۔" انیس احمد نے بس سے اترنے پر حیرت سے ادھر ادھر دیکھتے ہوئے کہا۔

ایک مسافر بولا: "لگتا ہے بابو صاحب! آپ خاصے دنوں بعد گاؤں آئے ہیں۔"

انیس نے غصے سے کہا: "یہ درست ہے کہ میں تین سال کے بعد نیو سعید آباد آیا ہوں، لیکن اس کا مطلب یہ ہرگز نہیں ہے کہ بس والا ہمیں اسٹاپ پر اتارنے کے بجائے جنگل میں اتار دے۔"

دوسرے مسافر نے وضاحت کی: "بات دراصل یہ ہے کہ نیشنل ہائی وے اس طرح بنا دی گئی ہے کہ بڑی گاڑیاں اور بھاری ٹرک گاؤں کی چھوٹی سڑک سے گزرنے کے بجائے اس سڑک سے نکل جائیں تاکہ ایکسی ڈنٹ یا ٹریفک جام نہ ہو سکے۔ اس سڑک پر صرف چھوٹی چھوٹی گاڑیاں یا رکشا چلتے ہیں۔ دن کے وقت یہاں رکشا اور تانگے کھڑے ہوتے ہیں، تاکہ مسافروں کو ان کے گھر تک پہنچایا جا سکے۔ بڑے گاڑیوں کے کھیتوں کے درمیان سے نکلنے والی نیشنل ہائی وے سے گاؤں کے لوگوں کو بھی سکون ہے اور یہ گاڑیاں بھی تیزی سے سفر کرتی ہوئی جلد اپنے مقام پر آسانی سے پہنچ جاتی ہیں۔"

انیس احمد نے پوچھا: "اب ہم گاؤں کس طرح جائیں گے؟"

مسافر نے بتایا: "ظاہر ہے اس کچے راستے سے ہوتے ہوئے ہی گاؤں کی سڑک پر

پہنچیں گے۔"

وہ اور مسافر پیدل چلتے ہوئے کچے راستے سے گاؤں کو روانہ ہو گئے۔ انیس کو گھر پہنچنے کی زیادہ ہی جلدی تھی۔ وہ مسافروں سے آگے آگے چل رہے تھے۔ ایک موڑ پر اچانک ایک سمت سے ایک کتے نے انیس احمد پر حملہ کرنے کی نیت سے چھلانگ لگائی۔ وہ تیزی سے دوسری طرف کو ہو گئے۔ کتے کو وار خالی گیا تو وہ پلٹ کر دوبارہ حملہ آور ہوا۔ انیس احمد ہوشیار ہو چکے تھے۔ انھوں نے زمین پر پڑی لکڑی اٹھا کر کتے کو دے ماری۔ چوٹ لگتے ہی کتا سہم کر پیچھے ہٹ گیا اور غصے سے بھونکنے لگا، مگر دوسرے مسافروں کو دیکھ کر کتا چپ تو ہو گیا، لیکن اس کتے کی آواز سن کر ادھر ادھر چھپے ہوئے کتے باہر نکل آئے اور انھوں نے مسافروں کو دیکھ کر بھونکنا شروع کر دیا، لیکن قریب آنے سے گھبرا رہے تھے۔

ایک مسافر نے انیس احمد کو سمجھایا: "آپ ہمارے ساتھ ساتھ چلیں، آگے بھاگنے کی کوشش مت کریں، ورنہ اس جنگل میں جنگلی سور اور جنگلی کتے آپ کو نقصان پہنچا سکتے ہیں۔ یہ بڑے خطرناک جانور ہیں، اکیلے انسان کو دیکھ کر حملہ کر دیتے ہیں، اس لیے ہم لوگ رات میں سفر نہیں کرتے۔ جسے بھی شہر سے آنا ہوتا ہے وہ جلد سے جلس گاؤں لوٹنے کی کوشش کرتا ہے۔ ویسے اس سرک کے بننے سے گاؤں کی آبادی اس طرف کو بڑھ رہی ہے چند برسوں میں آبادی اس سرک تک پہنچ جائے گی پھر ان جانوروں سے ہمیں اتنا خطرہ نہیں رہے گا۔

رات گئے انیس احمد کے گاؤں آنے پر ہاشم اور گھر والے سب چونک گئے۔

ہاشم نے حیرت سے پوچھا: "ارے اتنی رات کو آئے ہیں! خیریت ہے نا؟"

"شہر میں خیریت ہے۔ میں تمھارے ایکسی ڈنٹ کی اطلاع سن کر تڑپ اٹھا اور فون

سنتے ہی چلا آیا، لیکن تم بالکل خیریت سے ہو، پھر وہ فون۔۔۔"

"کون سا فون؟"

"تمھارے گھر سے ندیم نے مجھے فون پر اطلاع دی تھی کہ تمہارا خطرناک ایکسی ڈنٹ ہو گیا ہے۔" یہ کہتے ہوئے انیس احمد نے فون سے لے کر گھر تک پہنچنے کا سارا واقعہ سنا دیا۔

"ندیم! تم نے یہ کیا حرکت کی ہے؟" ہاشم نے غصے سے کہا: "تم نے ایسا بھونڈا مذاق کیوں کیا؟ یہ مذاق نہیں بد مذاقی ہے۔"

"سوری ابو! مجھ سے غلطی ہو گئی دراصل آج یکم اپریل تھی، میں نے سوچا کہ انیس انکل سے مذاق کیا جائے۔ اس بہانے ان سے ملاقات بھی ہو جائے گی، کیوں کہ کئی سال سے گاؤں نہیں آئے ہیں۔"

ہاشم نے کہا: "اگر تمھارا انکل سے ملنے کو جی چاہ رہا تھا تو مجھے بتا دیتے، میں انھیں بلا لیتا۔ اپنے پیاروں کے ساتھ حادثے کی خبر سن کر انسان بدحواس ہو جاتا ہے۔ اس بدحواسی میں اکثر ایکسی ڈنٹ ہو جاتے ہیں۔ تمھارے انکل کس طرح اور کس مصیبت میں یہاں پہنچے ہیں، تمھیں کیا معلوم۔ ان کی قسمت اچھی تھی کہ بچ گئے ورنہ تم نے انھیں مصیبت میں ڈالنے میں کوئی کسر نہیں چھوڑی تھی۔"

(۹) ادھوری بات

حمیرہ خاتون

"تم نے مطالعہ پاکستان کا سوال یاد کر لیا؟" یہ زینب تھی ہر ایک کی فکر میں لگی رہنے والی۔

"ہاں، یاد تو کیا ہے مگر کچھ کچا کچا ہے" صائمہ نے جواب دیا ج اب بھی کاپی کھولے بیٹھی تھی۔

"اور تم نے۔" زینب اب نصرت کی طرف مڑی جو بڑے آرام سے ایک بڑے اونچے پتھر پر بیٹھی چھوٹے چھوٹے کنکر اٹھا کر دور پھینک رہی تھی۔

"نہیں۔" وہ اسی طرح سکون سے اپنے مشغلے میں مصروف رہی۔

"کیا۔۔۔۔؟؟" زینب چلائی "تمھیں ان سے ڈر نہیں لگتا۔ یہ فرح تھی جو ہر ٹیچر سے ہی ڈرا کرتی تھی۔

"ڈرنے کی کیا بات ہے۔۔۔ انسان ہی ہیں نا۔۔۔ کوئی جن تو نہیں ہیں کہ کھا جائیں گی۔" وہ اب جمع کیے ہوئے کنکروں سے کوئی نقشہ ترتیب دینے میں مصروف تھی۔

"مگر مجھے تو ان سے بہت ڈر لگتا ہے۔" فرح نے تصور میں انہیں دیکھ کر جھر جھری لیتے ہوئے کہا۔

"اور مجھے بھی۔" یہ زینب تھی ہر کام وقت پر مکمل کرنے والی۔

"مجھے کسی بھی ٹیچر سے ڈر نہیں لگتا مگر مس شمیم۔۔۔ اف جس وقت وہ گھورتی ہیں

ناں سب یاد کیا ہوا بھول جاتی ہوں۔" زینب اپنی کیفیت بتا رہی تھی۔ "اور انہیں بھی شوق ہے سننے کا۔" فرح نے کہا۔

"یہ نہیں کہ لکھوا لیں بندہ سکون سے بیٹھ کر سوچ کر لکھ لے۔ نہیں، ان کے سامنے کھڑے ہو کر انہیں سناؤ۔" فرح بہت زیادہ ہی پریشان تھی کہ وہ اچھا خاصا یاد کر کے بھی سناتے وقت بھول جاتی تھی اور پھر سزا پاتی تھی۔

"اور کیا۔ اب مس شاہدہ بھی تو ہیں، آرام سے ٹیسٹ دے کر کرسی پر بیٹھ جاتی ہیں۔ جو چاہو لکھ دو، ڈر نہیں لگتا۔" صبا نے بھی گفتگو میں حصہ لینا ضروری سمجھا۔

"جی ہاں سب معلوم ہے کہ کیسے لکھتی ہیں۔ سب ایک دوسرے کی نقل کرتی ہیں اور کچھ تو اسی پیپر کے نیچے انگلش کی کاپی بھی رکھ لیتی ہیں۔" صائمہ نے جو مانیٹر بھی تھی، ہنس کر کہا اس کی نظر واقعی بہت تیز تھی۔

"یہ تو میرا شکریہ ادا کرو کہ میں مس کو کچھ نہیں کہتی ہوں۔" صائمہ کی بات پر سب مسکرا اٹھے۔ کنکروں سے کھیلتی نصرت ایک دم ہی اٹھی، ہاتھ ماتھے تک لے جا کر جھکتے ہوئے کہا "شکریہ آپ کا۔" صائمہ کے ساتھ ہی سب کے قہقہے فضا میں بکھر گئے۔ نصرت نے ایک زوردار ٹھوکر اپنے ترتیب دیئے ہوئے کنکروں کو ماری کنکر اڑ کر اِدھر اُدھر بکھر گئے اور وہ لمبے لمبے قدم رکھتی کلاس میں چلی گئی۔

"مجھے تو نصرت پر بہت حیرت ہوتی ہے۔ اسے کسی ٹیچر سے ڈر نہیں لگتا ہے حالانکہ اکثر یاد نہیں کرتی ہے اور کام بھی مکمل نہیں کرتی ہے اور پھر بھی آرام سے ہر ٹیچر سے بات کر لیتی ہے۔" فرح نے کہا۔

"اور بعض دفعہ تو اپنے ساتھ ساتھ پوری کلاس کو بچا لیتی ہے۔" صبا نے کہا۔

"نصرت کی تو کیا بات ہے؟" صائمہ مانیٹر ہونے کے باوجود اس کی صلاحیتوں کی

مداح تھی۔ نصرت پڑھائی میں اتنی اچھی نہیں تھی مناسب نمبروں سے پاس ہوا کرتی تھی مگر وہ اسکول کی بہترین ایتھلیٹ تھی، پچھلے تین سال سے یہ ٹائیٹل وہ جیت رہی تھی۔ اس کی کوئی بہترین دوست نہیں تھی مگر پوری کلاس اس کی دوست تھی۔ وقت پڑنے پر وہ سب کی مدد کرتی تھی۔ کلاس کا ہر مسئلہ حل کرنے کے لیے تیار رہتی۔ اس کی سب سے اہم خصوصیت اس کی حاضر جوابی تھی اور پھر اس پر اس کی معصومیت۔ ایسے ایسے بہانے ایجاد کرتی اور اس معصومیت سے بیان کرتی کہ ٹیچرز کو اسے معاف کرنا ہی پڑتا۔

کلاس کی اکثر لڑکیاں اس کی مداح تھیں اور نصرت بڑے پن سے ان کی باتوں پر مسکرا دیتی تھی۔ مس شمیم کے پیریڈ کی گھنٹی بجتے ہی سب الرٹ ہو گئیں۔ مس شمیم سینئر ٹیچر تھیں اور صرف نہم و دہم کو پڑھایا کرتی تھیں۔ یہ طالبات پہلی مرتبہ ان سے پڑھ رہی تھیں۔ ان کا طریقہ کار سب سے مختلف تھا۔ وہ یاد کر کے لکھوانے کے بجائے سننے پر یقین رکھتی تھیں اور سنتی بھی اس طرح تھیں کہ ایک ہی سوال ایک طالبہ شروع کرتی درمیان سے دوسری طالبہ سے سننا شروع کر دیتیں اور پھر اسے روک کر تیسری طالبہ سے کہتیں کہ اس کے بعد سے سنانا شروع کرے اس طرح ایک ہی سوال کئی طالبات مکمل کرتی تھیں اور کسی کو علم نہیں ہوتا تھا کہ مس کہاں سے سنیں گی لہذا مکمل اور پکا یاد کرنا پڑتا تھا۔ یاد نہ کرنے پر وہ صرف ایک سزا دیا کرتی تھیں۔ ۱۰ اڈنڈے! وہ کبھی بھی اسکیل استعمال نہیں کرتی تھیں۔ صرف ڈنڈا اور مارتی بھی عام طریقے سے نہیں تھیں کہ پہلے بازو سر سے اوپر تک لے جاتی تھیں اور پھر پوری طاقت سے مارتی تھیں۔ یہی وجہ تھی کہ ان کی مار کے نشانات چھٹی تک ہتھیلیوں پر اسی طرح نقش رہتے تھے۔ بہت دیر کی مالش کے بعد کہیں جا کر ہتھیلیوں میں خون کی روانی بحال ہوتی تھی اسی لیے تمام طالبات ان کی مار سے بہت ڈرا کرتی تھیں۔

مس شمیم نے آتے ہی پوری کلاس کا جائزہ لیا۔ بلیک بورڈ پر مانیٹر صائمہ پہلے ہی آج کا سوال لکھ چکی تھیں۔ سب طالبات منتظر تھیں کہ دیکھیں پہلے کس کی باری آتی ہے۔ مس کی نظر نصرت پر جا کر رک گئی جو بجائے دہرانے کے پنسل سے کھیل رہی تھی۔

"نصرت آپ اپنی کاپی لے کر آیئے۔" مس نے کرسی پر بیٹھتے ہوئے کہا۔

نصرت آرام سے اٹھی۔ کاپی لا کر مس کے ہاتھ میں دے دی اور کرسی کے برابر کھڑی ہو گئی۔ کاپی بند تھی۔ مس نے کھول کر سوال نکالا اور کاپی کور میں رکھی۔ "جی شروع کیجیے۔"

مس نے نصرت کی طرف دیکھا۔ نصرت نے مس کی طرف دیکھا۔

"مس، میں نے یاد نہیں کیا۔" نصرت کی آواز دھیمی تھی۔

"کیوں۔" مس نے پوچھا۔

"مس ہمارے دادا کا انتقال ہو گیا تھا۔"

نصرت کی بات کر سب لڑکیاں حیران رہ گئیں۔ اس نے کلاس میں یہ بات کسی کو بھی نہیں بتائی تھی۔ "شاید پچھلے ہفتے بھی آپ کے دادا کا انتقال ہوا تھا جس دن ٹیسٹ تھا۔" مس نے اسے کچھ یاد دلانے کی کوشش کی۔

"جی مس۔ وہ دادا کے چھوٹے بھائی تھے۔" نصرت اسی طرح مؤدب کھڑی تھی۔

"کب ہوا انتقال؟" مس پوری تفصیل جاننا چاہتی تھی کیونکہ نصرت تو کل اسکول میں حاضر تھی۔

"مس پچھلے سال چار ستمبر کو۔" نصرت بغیر ہچکچاتے ہوئے جواب دے رہی تھی۔" پچھلے سال انتقال ہوا تھا اور آپ کو کل یاد آیا۔" مس نے طنزیہ کہا۔ "جی مس، کل ان کی برسی تھی تو۔۔۔" نصرت کو بات ٹکڑوں میں کرنے کی عادت تھی۔

"نصرت، آپ کو پتہ ہے ناں کہ مجھے جھوٹ سے شدید نفرت ہے۔" مس غصے کی وجہ سے کھڑی ہو گئیں۔

"ابھی آپ نے کہا کہ کل انتقال ہوا تھا اور اب کہہ رہی ہیں کہ کل برسی تھی اور پھر کہیں گی۔۔۔ اور کیا تھا۔" مس کا غصہ تیز ہوتا جارہا تھا۔ "مس، کل قرآن خوانی تھی۔" نصرت کا انداز اب بھی پر سکون تھا۔

"پہلے آپ طے کر لیجیئے کہ کل کیا تھا، انتقال، برسی یا قرآن خوانی۔" مس نے غصے سے ایک تیز نظر نصرت پر ڈالی جو سر اور نظر جھکائے خاموش کھڑی تھی۔ اس نے ایک مرتبہ بھی مس سے نظر نہیں ملائی تھی۔

"مس میری پوری بات سن لیں۔" نصرت نے آہستہ سے کہا۔

"مجھے کچھ نہیں سننا، نکل جائیں آپ کلاس سے اور آئندہ میری کلاس میں تشریف مت لائیے گا۔" ساری کلاس خاموش تھی۔ کلاس میں گہرا سناٹا طاری تھا۔ نصرت خاموش کھڑی رہی۔

"سنا نہیں آپ نے، میں نے کیا کہا۔" مس چیخیں۔

"آئی ایم سوری مس۔" نصرت نے آہستہ سے کہا۔

"جائیے باہر۔" مس نے باہر کی طرف دیکھا۔ نصرت نے مس کی طرف دیکھا۔ مس کے چہرے پر سختی چھائی ہوئی رہی۔ وہ ڈھیلے ڈھیلے قدموں سے باہر نکل گئی۔ پھر مس نے بھی بجائے سننے کے پہلی مرتبہ ٹیسٹ لکھنے کے لیے دے دیا۔ جب وہ کلاس سے باہر نکلیں تو نصرت باہر موجود نہیں تھی۔ مس کے جانے کے بعد وہ کینٹین سے نکلی اور بھاگتی ہوئی کلاس میں داخل ہو گئی۔ سب لڑکیاں اس کے ارد گرد جمع ہو گئیں اور طرح طرح کے سوالات کرنے لگیں۔

"ارے بیو قوفو، یہ سچ ہے کہ میرے دادا کا پچھلے سال انتقال ہوا تھا کل ان کی برسی تھی تو ہمارے گھر قرآن خوانی تھی۔ سب مہمان آئے ہوئے تھے تو میں سوال کیسے یاد کر سکتی تھی۔" نصرت نے سر کھجاتے ہوئے آرام سے بتایا۔

"تو کیا یہ بات تم مس کو ایک ہی مرتبہ آرام سے نہیں بتا سکتی تھیں۔" صائمہ نے اسے ڈانٹا۔

"بتا تو رہی تھی مگر مس نے کون سی سنی۔" دوسری ٹیچر کے آنے پر بات ختم ہو گئی۔ دوسرے دن جب مس شمیم کا پیریڈ شروع ہوا تو نصرت غیر حاضر تھی۔ تیسرے دن بھی وہ غیر حاضر تھی اور چوتھے دن بھی جب اسے غیر حاضر پایا تو مس شمیم سے رہا نہیں گیا۔ انہوں نے پوچھ ہی لیا کہ نصرت کیوں غیر حاضر ہے۔

"مس وہ غیر حاضر نہیں ہے بس آپ کے پیریڈ میں نہیں آتی ہے۔" صائمہ نے اٹھ کر جواب دیا۔

"کہاں ہے وہ۔۔۔۔ جائیے انہیں بلا کر لائیے۔" مس نے غصے سے کہا۔

"مس آپ ہی نے تو کہا تھا کہ آئندہ میری کلاس میں مت آنا۔" نصرت اتنی معصومیت سے کہہ رہی تھی کہ مس کو بے اختیار ہنسی آگئی۔ "غصے میں کہی جانے والی بات پر عمل نہیں کرتے ہیں۔" مس نے مسکرا کر کہا۔ وقت گزرنے کے ساتھ مس کا غصہ ختم ہو چکا تھا۔

"مس، نصرت اس دن آپ کو صرف یہ بتانا چاہتی تھی کہ پچھلے سال اس کے دادا کے انتقال کے بعد اس دن اس کے گھر ان کی پہلی برسی تھی تو اس کے گھر قرآن خوانی رکھی گئی تھی اس لیے یہ یاد نہیں کر سکی تھی۔" صائمہ نے مانیٹر ہونے کا فرض ادا کرتے ہوئے بات صاف کی۔

"تو یہ بات آپ مجھے طریقے سے بھی بتا سکتی تھیں۔" مس نے نصرت سے کہا۔

"مس، میں نے کوشش تو کی تھی مگر طریقہ نہیں آیا، آئی ایم سوری مس۔" نصرت نے فوراً کہا۔

"رکئے! آئندہ خیال رکھیے گا۔ سچ بات بھی اگر مکمل طریقے سے نہیں کہی جائے تو جھوٹ لگتی ہے، جایئے بیٹھئے۔" مس نے کہا۔

"شکریہ مس۔" نصرت نے مسکرا کر کہا۔ مس بلیک بورڈ کی طرف مڑیں تو نصرت نے پوری کلاس کی طرف مڑ کر اپنی مٹھی بند کر کے انگوٹھا کھڑا کیا اور زیر لب کہا۔

"زبردست۔" اور سب مسکرا اٹھیں۔

(۱۰) بچپن کی تصویر

اشتیاق احمد

چلتی ٹرین میں چڑھنے والے نوجوان کو نواب کاشف نے حیرت بھری نظروں سے دیکھا۔ وہ اندر آنے کے بعد اپنا سانس درست کر رہا تھا۔ شاید ٹرین پر چڑھنے کے لیے اس کو کافی دور دوڑنا پڑا۔ نواب کاشف نے اس سے کہا:

"نوجوان! ٹرین پر چڑھنے کا یہ طریقہ درست نہیں، اس طرح آدمی حادثے کا شکار ہو سکتا ہے۔"

"زندگی تو ہے ہی حادثات کا نام چچا۔" نوجوان مسکرایا۔

"اوہو اچھا۔ یہ جملہ تو ذرا ادبی قسم کا ہے۔۔۔ کیا تمھارا تعلق ادب سے ہے؟" نواب کاشف کے لہجے میں حیرت ابھی باقی تھی۔

"میرا ادب سے تعلق بس پڑھنے کی حد تک ہے چچا۔"

"چچا۔۔۔ تم مجھے پہلے بھی چچا کہہ چکے ہو، تمھارے منہ سے چچا کہنا کچھ عجیب سا لگا۔۔ خیر۔۔۔۔ میں تمھیں بتائے دیتا ہوں کہ یہ کیبن میں نے مخصوص کروا رکھا ہے۔ لہذا اس میں کسی اور کے لیے سیٹ نہیں ہے۔"

"لیکن چچا، یہ جگہ تو چار پانچ آدمیوں کی ہے؟"

"ہاں، یہ فیملی کیبن ہے۔ میری فیملی تین اسٹیشنوں کے بعد سوار ہوگئی۔"

"اوہ، اچھا، میں تیسرا اسٹیشن آنے سے پہلے ہی اتر جاؤں گا۔ آپ فکر نہ کریں۔"

"لیکن بھئی، یہ پورا کیبن میرے لیے مخصوص ہے۔"

"میں سن چکا ہوں۔۔۔۔ لیکن آپ دیکھ چکے ہیں۔ میں چلتی ٹرین میں سوار ہوا ہوں، خیر میرا وجود اگر آپ کو اتنا ہی ناگوار گزر رہا ہے تو میں اگلے اسٹیشن پر اتر جاؤں گا۔ اتنی دیر کے لیے تو آپ کو برداشت کرنا پڑے گا۔ مجھے افسوس ہے۔"

"اچھا خیر، بیٹھ جائیں برخوردار۔"

نوجوان سامنے والی سیٹ پر بیٹھ گیا۔ پھر گھڑی پر نظر ڈالتے ہوئے بولا: "اگلا اسٹیشن کتنی دیر میں آجائے گا؟"

"پینتالیس منٹ تو ضرور لگیں گے۔"

"اوہ۔۔۔ تب تو کافی وقت ہے۔ میں ذرا نیند لے سکتا ہوں؟"

"ضرور، کیوں نہیں۔" نواب کاشف نے منہ بنایا۔

نوجوان نے جیب میں ہاتھ ڈالا، اس کا ہاتھ باہر نکلا تو اس میں چیونگم کے دو ٹکڑے تھے۔ اس نے اپنا ہاتھ آگے بڑھاتے ہوئے کہا: "چچا، چیونگم۔"

"میں بچہ نہیں۔" نواب صاحب نے منہ بنایا۔

"یہ چیونگم بہت خاص قسم کے ہیں۔ ان سے سے خاص قسم کے لوگ شغل کرتے ہیں۔ آپ کے لیے اگر یہ انوکھی چیز ثابت نہ ہوں تو پھر کہیے گا۔ آپ ایک چیونگم منہ میں رکھ کر دیکھ لیں۔ ابھی اندازہ ہو جائے گا۔" یہ کہتے ہوئے اس نے دوسرا چیونگم کا کاغذ بائیں ہاتھ اور دانتوں کی مدد سے اتار لیا اور اس کو منہ میں رکھ لیا۔

غیر ارادی طور پر نواب کاشف نے چیونگم اٹھا لیا، اس کا کاغذ اتار کر اسے منہ میں رکھ لیا۔ وہ جلدی سے بولے۔ "اس میں شک نہیں، چیونگم بہت خاص قسم کا ہے۔"

"اور پیش کروں؟ راستے بھر شغل کر سکیں گے آپ۔"

"نہیں بھئی۔ مجھے مسلسل منہ چلانا پسند نہیں۔ آدمی بکرا نظر آنے لگتا ہے۔"

"آپ کی مرضی۔ ویسے آپ کی شکل صورت کچھ جانی پہچانی سی نظر آرہی ہے۔ شاید میں نے آپ کو کہیں دیکھا ہے۔ کیا نام ہے بھلا آپ کا؟"

نواب صاحب نے طنز کہا: "واہ، واہ، وا۔"

"یہ کیسا نام ہوا؟"

"حد ہو گئی۔ میں نے اپنا نام نہیں بتایا۔ پہلے تو تم چلتی ٹرین پر سوار ہو گئے، وہ بھی میرے مخصوص کیبن میں، پھر جگہ حاصل کر لی۔ اس کے بعد چیونگم پیش کیا اور اب میرا نام پوچھ رہے ہو۔ خیر تو ہے نوجوان، ارادے تو نیک ہیں؟"

نوجوان نے ناگواری سے کہا: "اچھی بات ہے، نہ بتائیں نام، میں اگلے اسٹیشن پر اتر جاؤں گا۔"

"برا مان گئے برخوردار! خیر سنو، میرا نام نواب کاشف ہے۔"

"نواب کاشف!" نوجوان کے لہجے میں حیرت شامل ہو گئی۔

"ہاں کیوں، کیا تم مجھ سے میرا مطلب ہے میرے نام سے واقف ہو؟"

"سنا ہوا سا لگتا ہے۔ اسی طرح آپ کا چہرہ بھی شناسا ہے، خیر ابھی میں یہاں تقریباً چالیس منٹ اور ٹھیروں گا، اس دوران اگر یاد آ گیا تو بتاؤں گا۔"

نواب کاشف نے جمائی لیتے ہوئے کہا: "اچھی بات ہے، ہا، ہا، شاید مجھے نیند آرہی ہے۔"

"میرا بھی یہی حال ہے۔"

"تب پھر کچھ دیر نیند لے لیتے ہیں۔ اسٹیشن پر پہنچ کر جب ٹرین رکے گی تو آنکھ خود بخود کھل جائے گی۔"

نواب صاحب بولے: "ٹھیک ہے" پھر جمائی لی اور ان کی آنکھیں بند ہو گئیں۔ نیم دراز تو پہلے ہی تھے، اب پیر پھیلا کر لیٹ گئے۔

ان کی آنکھ کھلی تو ان کے گھر کے افراد انھیں بری طرح جھنجوڑ رہے تھے۔ انھیں آنکھیں کھولتے دیکھ کر ان کی بیگم بول اٹھیں: "آپ گھوڑے بیچ کر سو گئے تھے؟ ہم لوگ کتنی دیر سے آپ کو جگانے کی کوشش کر رہے ہیں۔"

نواب صاحب چونک کر بولے: "اوہو اچھا، حیرت ہے، تین اسٹیشن گزر گئے، لو مجھے پتا ہی نہیں چلا اور، اور وہ نوجوان؟"

ان کی بڑی بیٹی نے حیران ہو کر پوچھا: "کون نوجوان، کس کی بات کر رہے ہیں ڈیڈی؟"

"اور ہاں، اسے تو اگلے اسٹیشن پر ہی اتر جانا تھا۔ یہاں تک تو اسے آنا ہی نہیں تھا۔"

"کس کی بات کر رہے ہیں؟ ابھی تک نیند میں ہیں کیا"

"نہیں، میں اب نیند میں نہیں ہوں۔ میں بتاتا ہوں، اس کے بارے میں۔"

پھر وہ اپنے گھر کے افراد کو نوجوان کے بارے میں بتانے لگے۔ چیونگم کے ذکر سے ان کا بیٹا چونکا۔

وہ بولا: "کہیں وہ کوئی چور تو نہیں تھا۔"

نواب کاشف بولے: "ارے نہیں، وہ تو بہت بھولا بھالا نوجوان تھا۔"

"پھر بھی آپ اپنی جیبوں کی تلاشی لے لیں۔"

"ضرورت تو کوئی نہیں، خیر تم کہتے ہو تو میں دیکھ لیتا ہوں۔"

انھوں نے اپنی جیبوں کا جائزہ لیا۔ شیروانی کی اندرونی جیب ٹٹولتے ہی وہ بولے: "بٹوہ موجود ہے اور ساری نقدی اسی مین تھی، اس کا مطلب ہے وہ چور نہیں تھا۔"

بیٹے نے کہا: "بٹوا بھی تو نکالیں نا۔"

اس کے کہنے پر نواب صاحب نے جیب سے بٹوا نکال لیا۔ دوسرے ہی لمحے وہ بہت زور سے اچھلے: "ارے یہ کیا! یہ تو میرا بٹوا نہیں ہے۔"

"کیا؟" ان سب کے منھ سے نکلا۔ نواب صاحب نے گھبراہٹ کے عالم میں بٹوے کا جائزہ لیا۔ بٹوے میں کاغذات بھرے ہوئے تھے۔ انھوں نے کاغذات نکال لیے۔ وہ اخبارات کے تراشے تھے۔ جرائم کی خبروں کے تراشے۔ ان کے بٹوے کے دوسرے حصے میں چند تصویریں تھیں۔ یہ تصاویر اسی نوجوان کی تھیں اور ان میں ایک تصویر غالباً اس کے بچپن کی تھی۔

بیگم صاحب نے تیز لہجے میں کہا: "تو وہ آپ کا بٹوا لے اڑا۔"

"ہاں یہی بات ہے۔ مجھے افسوس ہے۔ اوہ۔ اوہ۔ ارے۔"

ایک بار پھر وہ زور سے اچھلے۔ ان کی نظریں بچپن والی تصویر پر چپک سی گئی تھیں۔ ان کے دماغ میں گھنٹیاں سی بجنے لگیں۔ دماغ سائیں سائیں کرنے لگا۔ بچے کی مسکراتی تصویر ان کے دل و دماغ میں اترتی جارہی تھی۔ تصویر والا بچہ اپنے ماموں سے پیار بھرے لہجے میں کہہ رہا تھا: "ماموں جان! آپ کہاں جارہے ہیں۔"

"منے! میں فلم دیکھنے جارہا ہوں۔"

"آپ مجھے بھی لے چلیں نا۔"

"لیکن منے! میرے پاس صرف ایک ٹکٹ کے پیسے ہیں۔ میرے پاس زیادہ پیسے نہیں ہیں، کیا تمھارے پاس پیسے ہیں؟"

"جی ماموں جان پیسے؟ جی نہیں تو۔"

"تب پھر تم ایک کام کرو۔ اپنے ابو کی دکان پر جاؤ، وہ تو دکان داری میں لگے ہوں گے۔ ان کے گلے میں سے کچھ نوٹ چپکے سے نکال لاؤ۔ انھیں پتا بھی نہیں چلے گا۔ پھر میں تمھیں فلم دکھانے لے چلوں گا۔"

"اچھاماموں جان!" منے نے کہااور دوڑ گیا۔

جلد ہی وہ واپس آیاتو اس کے ہاتھ میں دس دس روپے کے کئی نوٹ تھے۔ ان نوٹوں کو دیکھ کر انھوں نے منھ بنایا اور کہا: " ان سے ٹکٹ نہیں آئے گا۔ ایک بار اور جاؤ۔" ماموں نے جھوٹ بولا۔ حال آنکہ اس کے زمانے میں فلم کا ٹکٹ چند آنوں میں ملتا تھا۔

"جی اچھاماموں!" منا گیااور چند نوٹ اور لے آیا۔

ماموں نے پھر کہا: "نہیں بھئی، ابھی ٹکٹ کے پیسے پورے نہیں ہوئے۔"

بچے نے کہا: "اچھاماموں، ایک چکر اور سہی۔"

اس طرح منے کو ماموں نے کئی چکر لگوائے، تب فلم دکھائی، لیکن پھر منے کو پیسے اڑانے کا چسکا پڑ گیا۔ روز روز وہ اس کام میں ماہر ہوتا گیا اور اس کی یہ عادت اسے بری صحبت میں لے گئی۔ ایک دن وہ گھر سے بھاگ گیا۔ بیس سال بعد ماموں جان کی اس سے ملاقات ان حالات میں ہوئی تھی کہ اس کی تصویر اس کے ہاتھ میں رہ گئی تھی۔

"آپ، آپ اس تصویر کو اس طرح کیوں گھور رہے ہیں۔ کیا آپ جانتے ہیں یہ کس کی تصویر ہے۔ اس طرح تو شاید ہم اس کو گرفتار کر اسکیں۔"

نواب کاشف بولے: "نہیں، ہم اسے گرفتار نہیں کروائیں گے۔"

"لیکن کیوں، آپ کو اس چور سے ہمدردی کیوں ہے؟"

"گرفتار ہی کرنا ہے تو مجھے گرفتار کراؤ۔"

وہ ایک ساتھ بولے: "جی کیا مطلب؟"

اور وہ انھیں منے کی اور اپنی پرانی کہانی سنانے لگے۔

***